星に導かれ王の花嫁になりました
～占いで体位まで決めるのですか⁉～

Hana Saeki
さえき巴菜

JN067505

Honey Novel

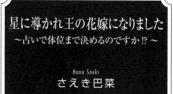

Illustration

天路ゆうつづ

CONTENTS

序章　運命の花

ルクス・リザリア王国の中心にある王宮は「銀の冠」とも呼ばれた。

緑豊かな丸い丘の頂に立つ、光を主題にした同じ造形の尖塔《せんとう》が並ぶ宮殿——その全体が日《ひ》射《ざ》しで輝く様が、頭部に載せられた冠を想起させたからだ。

エルザ・メディベル家は伯爵位と、王都の西端に小さな地所を持っている。その高台にある屋敷の窓からは、指先ほどの極小の姿ではあったが王宮を視認できたのだ。

メディベルも幼いころからその姿を目にしてきた。

窓辺に両肘をついてよく眺めていた、遠い遠い王宮だった。

きらきら光る冠。美しく、遠く、手の届かない銀の冠——。

（そこにいるなんて……）

感慨と不安、緊張の混じる息をついて思い出を振り払い、エルザは顔を上げた。

銀の冠——王宮。

その中の、おそらく数え切れないほどたくさんあるのだろう広間のひとつ……。

金の装飾と銀の鏡で飾られた壁――壮麗なそこにかけられたいくつもの燭台《しょくだい》は、壺《つぼ》から水が噴く一瞬を模した独特な意匠で、水に見立てた何本もの金板に火明かりが映えてきらめいている。

そして、弧を描く階段は大小の鳥が導く赤銅色の手すりで飾られ、楽団を置いた中二階に続く。色彩豊かな細密画で埋められた天井。

(綺麗《きれい》すぎて涙が出そう……)

――今宵、王宮では特別な夜会が開催されていた。

百人近い招待客は、きらめく広間に負けず着飾った女性ばかりだった。

その色とりどりのドレスを際立たせるように、王宮付きを示す黒一色で装った従者がさりげなく散らばっている。

広間は笑い声が弾《はじ》け、香水や花の香りの熱気で満ちていた。

開け放った窓から風を入れても、かきまわすばかりであまり役立っていない。

(わたしも熱のひとつね)

エルザは壁を背に縮こまって立っているだけだったが、心臓が早鐘を打って顔は火照り、くらくらするほどだ。

ここに来る前までは不安しかなかった。行きたくなかった。

でもいまは違う。

（来てよかった……！）

単純ではあったが、王宮の美しさに魅せられ興奮が募る。

華やかなドレスと装飾品を身につけ、夏風に揺れる花のように笑う令嬢たちを見ているだけでも心が浮き立ってくるようだ。

（わたしは？　みんなと同じよね？）

エルザがまとうドレスは、白にほんの少し赤みを加えた淡紅色で、つるりとした光沢のある生地を使っていた。

柔らかなラインを描く胸元や、釣鐘形に膨らんだスカートの両側面に垂らした布装飾は鮮やかな薔薇《ばら》色だ。

短い袖はぷっくりとした果実のようで、肘の上まである長手袋は白。

赤みの強い金色の髪は編み込みで飾りながら結い上げ、解《ほど》いた数束の髪先が肩でふわふわと躍っている。

すんなりとした首に巻かれた銀の飾り、その中央できらめくのは青を基調に緑がとろりと混じる蛋白石《オパール》。

首飾りはあなたの目の色と似ているから、と姉たちが贈ってくれたものだった。楽しんできて、とだけ言って送りだしてくれたふたりの笑顔を思いだすと心が温くなる。

（そうよね、わたしが花嫁に選ばれることなんてないもの）

首飾りに触れると勇気が出た。

エルザはゆっくりと壁から離れて、ぎこちなく進みだした。

令嬢たちは広間のあちこちで大小のグループを作っていて、ひとりで壁際に立っているのはエルザくらいだ。

(頑張ろう)

こちらをチラチラと窺《うかが》っている令嬢たちの、軽やかな笑い声に気を引かれていた。

話しかけたらお友達になれるのではないかと、そんな期待が胸を過《よ》ぎる。姉たちも、お友達ができるといいわね、と言っていた。

挨拶をしたら、輪に入れてくれるかもしれない。

(お姉様たちのためにも、頑張らないと)

「あの、こんばんは。わたし……」

進み出て声をかけると、五、六人でかたまっていた令嬢たちは、ギョッとしたように目を見開いて、エルザを凝視した。

「……」

礼儀に欠ける視線に戸惑いながら、エルザはぎこちなく会釈した。

「わたし、エルザ・メディベルといいます」

「いい夜ですね」

「……」

令嬢たちは互いの顔を寄せ合い、ひそひそと話すばかりで返事をしなかった。こちらを見る目に好意的なものはない。

エルザの心がサアッと冷えて硬くなっていった。

(間違えた?)

社交界で必要な礼儀作法は学んできた。紹介もされずに直接話しかけてはだめだったのだろうか? 女性同士でも?

でも付添人もいないこういった席で、どうしたらよかったのか。

「ごめんなさい」

エルザは俯《うつむ》き、じりじりと後ずさった。

(わたし、バカだわ)

情けなさに涙が滲《にじ》んでくる。唇がふるえてしまう。

美しい場所で美しい人たちに交じって、自分までそうだと思い込んで——浮かれて。

そんなはずないのに。

姉たちとは違うと、わかっていたのに……。

(……バカだわ)

背に硬いものが触れ、壁だと思い足を止めた——そのときだった。

「失礼、お嬢様」

「はいっ!?」

ギョッとして振り返ると、すぐ背後に、王宮付きの従者がひとり立っていた。

エルザを見下ろすその顔には、目元から鼻先まで覆う仮面がつけられている。

お仕着せなのだろうが、装飾のない薄手の黒いケープとゆったりとした脚衣のせいもあって個としての姿はよくわからなかった。

ただ、目の前のこの従者はほかと違い、長い黒髪をいくつも細く編んで、それごと後頭部でゆるくひとつに束ねた独特の髪型をしている。

仮面の下、あらわになっている口元には笑みがあった。

「よろしいですか、お嬢様」

「は、い?　わ……!」

従者は手を回してエルザの身体《からだ》を反転させた。

正面から向き合う形になり、目を白黒させながら見上げると、仮面越しに覗《のぞ》く淡い色の目が細められた。

「陛下からのお言葉です。こちらを身につけるようにと」

すくうようにして優しく持ち上げられた手に、なにかを乗せられる。

「陛下から……?」

下から支えるように重ねられた手の大きさや硬さを意識しながら、ふらりと目を落としたエルザは、驚きに息を飲む。

つけている手袋の生地よりも白い、小さな花だった。

五枚の純白の花びら、そのひらひらとした縁だけが、指先で撫《な》でて色づけたように赤い。

そんな花を支えるのは、銀色の綿毛に包まれた茎葉だった。可憐《かれん》な花と相まって、なんとも印象的だ。

「これは……え？　まさか……リザリア？」

エルザは花を掲げ、目の高さに合わせてまじまじと見つめた。

「よくご存じで」

従者は少し驚いた声を出した。

リザリアは国名にもなっている王家の象徴花で、王宮の北側、禁足の地にしか咲かない貴重種だ。

その姿は王宮をはじめ、国のあちこちに刻まれ描かれている。

しかしそれらは平面に適して図案化された意匠なので、実物のリザリアを目にしてもそうと気づかず、知った後には地味なことに驚く者も少なくないらしい。

エルザは困ったように笑った。

「わたし、花を描くのが好きで……ハランラニ公爵夫人の写し絵を真似《まね》て、何度も描いていました」

ハランラニ公爵夫人は高名な植物学者でもあった。本物のリザリアを写し取った絵を含んだ植物画を出版できたのも、彼女が王族であったからだ。

「わたしには許されないことですが、いつか直接、目にすることができたらと願っていたのです」

それが叶《かな》ったことが信じられないように、リザリアを見つめてため息をこぼす。

「思っていた以上に素敵です。これがリザリア……」

「……」

「でも、どうしてこのような貴重なお花を？」

脳裏に疑問が差し、ハッと従者に目を向ける——と同時に、しっかりと両手でリザリアを包んで身構える。

従者はその様子をじっと見つめたまま、ふ、と口元をゆるめた。

「ご心配なく。花はお嬢様のものです。といいますか、ここにいるすべてのお嬢様にお配りしているものですから」

「なんですって」

広間にザッと目を走らせると、令嬢たちは各々《おのおの》、正面の男と同じ黒い装いの従者から花を手渡されていた。可愛《かわい》らしい歓声もあちこちから聞こえてくる。

「では持ち帰ってもいいのですね……！」

興奮を抑えてエルザが呟《つぶや》くと、従者は笑いをこらえるように口元に手をあてた。

「それはもちろん、お好きに。とりあえず今宵はリザリアを身につけてください。できましたら、直接、お肌に」

「まあ……」

肌に、と言われて頬が熱くなる。

多少の非難をこめて従者を見上げると、視線の意味に気づかぬ素振りで手を伸ばされ、リザリアを奪われた。

「えっ」

「こちらにどうぞ」

銀色の綿毛に包まれた柔らかな茎の先端を、左耳の上にそっと差し込まれた。

「お似合いです、お嬢様」

エルザは驚きに瞬《まばた》いて、こめかみを飾る花を見ようとする。

「貴重なお花なのに……よろしいのでしょうか」

「もちろんです」

「でも、なぜここに」

「陛下からのお言葉です。どうか、そのままで。では、よき夜を」

「え？　あ、ありがとうございます……」

一礼して去っていく背を目で追うが、その姿はすぐに、リザリアを手にしてはしゃぐ令嬢たちの合間にまぎれてしまった。

(王宮付きだからかしら)

変わった従者だったと思いながら、エルザはこめかみに飾られた花をそっと撫でた。

王家の象徴花を身につけていいのだろうかと、不安を覚える。

だが、憧れた花がここにあるのは嬉《うれ》しかった。鼻腔《びこう》をくすぐる甘酸っぱい香りも想像以上に好ましい。

(お姉様たちに自慢しましょう)

ちゃんと楽しんできたわ、と胸も張れる。

リザリアのおかげで今夜を気持ちよく終われそうだと、エルザは思った。

それに——指がむずむずする。描きたい。リザリアをすぐさまスケッチしたい。

家に帰ったら、花が長持ちするようにあらゆる手を尽くそう。こんな貴重な花を描けるなど二度とないはずだ。

(もう帰ってもいいかしら)

すばやく広間を見まわすと、花を手にしてはしゃぐ令嬢たちばかりが目につく。

花が配られても、とくに変化はない。帰ってもいいのかもしれない、など思ってしまったとき、違和感に気づいた。

令嬢たちの姿を引き立てているようだった黒い装いの従者たち――華やかなドレスの合間に点々と散っていた彼らがいない。

そういえば、とさらに思い至る。

(陛下が主催のはずなのに、一度もお姿を見せられていないわ)

もしかしたらこれから広間に現れるのかもしれない。

そうなると、帰れるのはいつになることか。

(でも、実はすでにいらっしゃるのかも？　こっそりと……なんて)

自分の想像をおかしく思いつつ、ルクス・リザリア国の王を探してふと回した視線が、壁際に並ぶ黒い姿をとらえて止まった。

燭台の下の暗がりにひそむように立つ、黒い仮面をつけた従者たちだった。

エルザが気づいたのを見計らったように、突然、彼らは動きだした。

燭台からつり下げられた細い鎖を引いて――ジャッ、と鎖の音が重なり明かりが消える。

闇に沈んだ広間に悲鳴があがった。

エルザも驚き、息を飲んだ。

(なにがあったの？　どうして消したの？)

恐怖で心臓がねじれたように痛む。それでも必死に、落ち着こう、落ち着こう、と自分に言い聞かせ、壁を手で探って身体を寄せていく。

息を深く吸うと、開け放たれていた窓から流れてくる夜気の匂いを含んだ風を感じた。

誘われるように窓に目をやれば、淡い銀色の光が見えた。月の光だった。それは窓の形のまま、細い筋となって広間の床に落ちている。

（ここにも？）

目の端に、ぼんやりとした光が揺れた。

小さく、優しい光――。

その光源を探しあてるよりはやく、間近でカツと響いた足音に気を取られた。

「星がわたしの意を汲《く》むことはないが、これは驚く結果だ」

低い声がした。聞き覚えのある声だ。

ついさっきまで聞いていた声……。

「……あなたは」

エルザは闇を透かし見ようと目を細めた。

大きな人影が、かすかな銀色の光を受けて浮かび上がっていく。

いくつも細く編んだ束ごとまとめた髪、顔には黒い仮面。黒い装飾ケープをつけた背の高い男――。

さきほど話かけてきた従者だとすぐにわかった。

安堵《あんど》とともに、エルザは口を開いた。

「あの、明かりが消えたのはどうして……」

「探すのに都合がいいからだ」

エルザの呟きを遮って言うと、従者は仮面を外した。

仄《ほの》かな明かりに照らされたその顔貌は、細い刃《やいば》で丹念に削りだした石英のように鋭く硬く、それでいて繊細さを感じさせる若い男のものだった。

エルザを見下ろす目には影が落ち、暗い色になっている。しかしそこにかすかな光が映り込み、揺らめいていた。

(星空みたい)

その不思議さに、エルザは瞬きもせずに見つめた。

「なにを……？　なにをお探しなのですか？」

「これだ」

男は目を細め、すばやく手を持ち上げた。硬い指先がエルザのこめかみを滑り、同じ手がさきほど挿《さ》してくれた貴重な花を、髪から引き抜いていく。

「え!?」

リザリアを奪われたショックより、鮮烈な驚きが全身に走った。

「光って？　ひ、光っています……!?」

「そうだ」

男は笑みを目元に残したまま、リザリアをエルザの鼻先で揺らした。

発光する白い五枚の花びらは、ふわり、ふわりと柔らかな明かりでふたりを照らす。花びらの縁にある赤が、鮮やかに目に残る。

しかし、男の手の中で光は薄れていった。

「消えるわ……消えてしまう……」

「そうだ。花を光らせることはわたしでもできない。できるのは唯一、星が告げるわたしの運命の相手だけだ」

「運命？」

エルザは花から目を上げた。男の顔が暗がりに沈んでいくのをじっと見つめる。

(星……星のお告げなんて……この御方は……)

そんなことを口にする者はいない。この国では許されない。

ただひとりを除いて。

ぞくりと、戦慄に似たものが背を駆けた。

(まさか)

「……ヴァレオン陛下？」

「そうだ」

男が首肯した瞬間、ふ、と光が消えた。

「星が導いた。わたしの花嫁になってくれ、エルザ・メディベル」

ルクス・リザリア王国の王ヴァレオンがどんな表情でそう告げたのか、エルザにはわからなかった。

一章　花嫁として努めます

1

王宮と、その北側に聳《そび》える青白い岩肌をした聖山との間は、禁足の森になっている。

そこにルクス・リザリア国の心髄があるからだ。

黄金の占星盤――そう呼ばれる神器が収められたルクス宮がそうだ。

とはいえここは、神殿のような厳《おごそ》かな外見をしているわけではない。

囲む丈高い常緑樹、その葉群れからチラチラとこぼれる陽光に照らされる姿は、幼い子の夢に出てくるような愛らしい外見をしていた。

左右に並ぶずんぐりとした太い塔、そこに被《かぶ》せられた帽子のような円錐形《えんすいけい》の屋根。濃青色のスレートが葺《ふ》かれたその上、朱金で作られた星の頂華が光る。

灰色の石壁には、大ぶりの葉が重なる蔦《つた》が這《は》う。垂れるその蔓《つる》の合間に、鉄の黒格子が嵌《は》められた細長い窓が覗いていた。

入り口になる青銅製の扉をくぐり、中の扉もひとつふたつと進めば、森の一部をそのまま切り取ってきたような中庭に迎えられる。

長大な方形の中庭に植えられた木々はどれも高く、合間を、白い花が点々と咲く生け垣のような茂みに覆われていた。

(……リザリア⁉)

ガラス扉に額をくっつけんばかりにして覗き込み、エルザは驚愕《きょうがく》した。

中庭の木々は多様な種が植えられているが、花はリザリアしかないようだった。

王家の花とはいえ、リザリアは小さく地味だ。

だが、綿毛に包まれた銀色の茎が網目のように重なって立ち上がり、そこに星のごとく白く瞬く花が点々と散る様は、夕刻間近の暗がりにある中で幻のように美しかった。

(ほんとうにあるものなのかしら?)

「エルザ様?」

「はいっ」

近くから声をかけられ、跳ねるように背筋が伸びる。

くすくすと笑う声に促されて目をやれば、ティタリー子爵夫人イレナが隣に並んで微笑《ほほえ》みを浮かべていた。

ルクス宮の入り口で出迎えてここまで案内してくれた夫人は、エルザの亡き母と同年代、頬のふっくらとした優しい顔立ちをしている。

「とても美しい庭でしょう？」

「は、はい。夢のようです」

「いずれ見ていただけます、ええ、明日にでも。中庭には明かりを置きませんので、暗くなると足元が危ないですからね。意外に広いのですよ、ここは」

「明日が楽しみです」

エルザが答えると、イレナは頷《うなず》いた。

「わたくしもとても楽しみですわ、エルザ様。王宮でもご挨拶は済んでおりますが、あらためまして、ルクス宮付き女官長としてこれからよろしくお願いいたします」

「よ、よろしくお願いします……あの、感謝いたします」

どう答えるのが正しいのかと不安を抱えつつ、エルザは誤魔化すように微笑んだ。

「わたし、ご迷惑おかけすることも多いかと思います。どうかお導きください」

「まあ、エルザ様」

イレナは口元に手をあて、声を消して笑った。

「迷惑？　とんでもない、わたくしどもがどれだけ嬉しいか、おわかりにならないでしょうね。ここに花嫁を迎えられなければ、わたくしどもの存在など虚《むな》しいだけですもの。陛下がようやくお迎えになられて、ほんとうにありがたいことです」

「……」

「さ、こちらです。ああ、それと」

ドレスの裾をさばいて反転したイレナは、手を上げて先を示した。

「あちらには陛下の許可が必要なので行かないでください」

イレナの指の先には、天井まで届く巨大な扉があった。

縁に青い石がずらりと嵌められた白い扉の表面には、こまかな装飾が彫られている。よく見ればそれが、星を図案化した王冠を戴く人の群れだとわかった。

「星……これが、白の扉ですね……」

「ええ、そうです。ご存じですね？」

エルザは慎重に頷いた。

目にしたのははじめてだが、すぐにわかった。

白の扉――そう呼ばれるあの扉の先は王族だけが入れる空間になっていると、教えてもらっている。

占星盤が置かれている場所だからだ。

ここは神聖なルクス宮――星の力に最も近い場所なのだと、あらためて感じた。

(今日からここで過ごすのね)

暴れだした心臓をなだめるように、青いリボン越しに胸に手をあて、エルザはこっそりと息をついた。

ここにこうしていても――国で最も貴重なもののひとつである白の扉を目にしても、まだ信じられない。

(わたしが花嫁)

そう、王の花嫁になったのだ。

そしてルクス宮に迎えられた。

これからヴァレオン王に会う――。

(おかしく……ないよね……?)

不安を示すように、白いドレスが衣擦《きぬず》れの音をたてる。胸元を縁取るレースと大きな青のリボン、同色の帯《サッシュ》。薄布とレースを重ねてふわりとさせたスカートといった、初夏にふさわしい色合いのドレスだ。

背に垂らされた髪は、ところどころねじり、いくつもの大きな挿しピンでとめている。早生《わせ》の苺《いちご》のような髪色に、ピンの白い小花の飾りが映えた。

「エルザ様」

扉の把手《とって》に手をかけたまま振り返ったイレナの声で、エルザは慌てて足を止めた。カツカツッ、と無様に踵《かかと》が床を叩《たた》く。用意された婦人用の靴は少し大きかった。

「す、すみません」

恥じ入るエルザに、イレナは微笑みかけた。

「とんでもございません。ただ、お気をつけください。この先は執務室です、おひとりで通すように言われています」

「はい」

緊張で顔を強張《こわば》らせると、イレナはゆっくりと頷いた。

「ご心配なく。陛下は優しくしてくださるでしょう」

「王の花嫁」とは、言葉の通りそのまま王の伴侶を意味する。

とはいえ、王と権威を分かつ王妃とは別だ。

そして王が好きに選ぶ相手でもなく、王が行う占星術で選ばれる。

——ルクス・リザリアは星を崇《あが》め、星に守護される国だった。

まだ混乱していた時代、いまに続く王家の始祖となった男が啓示を受け、聖山と呼ばれる山中にこもった。

だれもが男の行動を笑った。あれは逃げたのだと、そんなふうに指を差した。

しかし、それからすぐに——天から墜《お》ちてきたものが熱と光を放って国土を照らし、ルクス・リザリアの歴史がはじまったのだ。

それが黄金に輝く占星盤だった。

星の力はこの神器によって引きだされ、あらゆる事象を示した。

啓示を受けた男は占星盤を動かす力を持ち、星に導かれて国を統一した。

逆にいえば、占星盤を回し読み解く力——つまり優れた占星術を持つことで王は力を得たのである。

星に守られ導かれ、王が正しく行う政《まつりごと》によって国は栄えた。

人々は星に感謝を捧《ささ》げた。そしてこのまま平和と繁栄が続くことを望み、同じ力を引き継ぎ、正しく国を治める王の誕生を願った。

人々の願いは、星の力になる。

王の血が絶えないよう、あるいは王が正しい心を持ち続けるよう——王にとって最良となり得る相手、星はそれらを探し示すようになった。

それが「王の花嫁」だ。

選ばれる相手は様々だった。身分や年齢、あるいは性別さえも。

そのいずれであっても、王の花嫁は歓迎された。

なぜなら王のため、ひいては国のために星が選んだ大切な存在なのだから。

そして一夫一婦が厳しく求められる国でありながら、星がそうと示せば王だけは花嫁を多く持つことを許容された。

星に示されるまま、たくさんの花嫁を迎えた王もいた。

ひとりだけの花嫁と生涯連れ添った王もいる。

そして当代の王――ヴァレオン。

祖父にあたる先代王の死去に伴い王冠を継ぎ、二十四歳で即位。

父の世代の王族はいずれも力が弱く、ヴァレオン自身の兄弟姉妹、そして従兄弟《いとこ》たちも、占星盤を回すことはできなかった。

代わりのように、ヴァレオンは強大な力を持っていた。

即位から三年経《た》ったいまでも、占星盤は彼の手で滑らかに回されている……。


「来たか」

「へ、へへ、陛下!?」

ヴァレオン自らの手で扉を開けられ、通路に立って逡巡《しゅんじゅん》していたエルザは固まった。

エルザは女性の平均より頭半分ほど身長が高いが、開かれた扉の縁に手をかけたヴァレオンには、悠然と見下ろされる。

後頭部でひとつに束ねた黒髪に縁取られる端整な顔。

青みがかった灰色の目は虹彩の縁と瞳孔がくっきりと黒く、鋭い印象を与える。高くまっすぐな鼻筋、きつく結ばれた口元。シャツの立ち襟に囲まれた、骨の目立つ首。ヴァレオンは大柄だった。大きな襟に銀糸の模様をほどこした黒い上着越しにも、肩幅が広く、厚みがあるのがわかる。

そして銀のボタンでとめた上着の下、同じ黒の脚衣と艶のある黒革の短靴……。

(……靴も大きい)

「下を見るな」

低い声が降ってきて、エルザは自分が俯いていたことに気づいた。

(でも陛下を見つめすぎては……)

もじもじしていると、ヴァレオンの手が頰に触れてきた。

「顔を上げろ」

大きく硬い手のひらの感触に驚く間もなく、王の手はエルザの頰を滑り落ちていった。その指先が頤《おとがい》にかけられ、グイと持ち上げられる。

「顔を上げろと言ったぞ、エルザ」

「……!」

「背筋を伸ばせ。わたしを見ろ」

端的な命令が、形のよい唇から次々飛びだしてくる。

命じることに慣れた強い声に畏縮したが、エルザはふるえる手をギュッと握り込んで従った。

「それでいい」

さきほどより近くなったヴァレオンの顔が満足げにほころぶ。

「よく来てくれた。出迎えられなくてすまなかった」

ゆっくりと下ろされていく大きな手を目の端でとらえながら、エルザは「いいえ」とかすかに首を振った。

「ティタリー夫人がいらっしゃいましたので」

「ああ、そうだな」

ヴァレオンは青灰色の目を、エルザの背後に走らせた。まるで、夫人がまだそこにひそんでいるのではと、警戒するような目つきだった。

ほどなく王の視線は、エルザの赤みの強い金色の髪の天辺《てっぺん》に戻ってきた。

「評議会から緊急の書類が届いたので、片づけていた」

「では、出直します。お忙しいところを申しわけございません」

「おまえが謝ることではない。むしろ、わたしが出迎えなかったことを怒れ。仕事が遅いからだと叱るのもいいな」

「えっ」

「冗談だ」

ヴァレオンは身体を斜めにして、自らが扉を開けた部屋の中を示した。

「入れ」

そう言いながら、エルザの手を取って軽く引く。

招かれるまま入った部屋には、まだ火はともされていなかった。

半円になった壁に並ぶ窓から斜めに差し込む、夕暮れの金色の光で十分に明るい。

その光が作る陰影さえも計算されたような、美しく設《しつら》えられた部屋だった。

淡い青の壁に金の装飾。モザイク画のように複雑な形に嵌め込み、濃淡で模様を作る床板。燭台がかけられた柱や天井に渡された梁《はり》は、経年の艶を宿し濃い飴色《あめいろ》に光っている。

大きな暖炉は飾り文字が浮彫された灰色の石枠で囲われ、その手前に、おそらくヴァレオンがいままで使っていたのだろう、黒塗りの机があった。

天板の上には書類のほか、開かれたままの書物などが載っている。

「実はまだ終わっていない」

エルザの視線が止まったことに気づいたのか、ヴァレオンは机を見て苦笑した。

「調べ物で時間を食った。すまないが、もう少し待てるか？」

「もちろんです」

エルザは驚いてヴァレオンを振り仰いだ。

王の仕事は国のため、臣民のため。迎えたばかりの花嫁との最初の時間でも比べられない、優先すべき最たるものだ。

むしろ花嫁だからこそ、王が仕事に専念できるよう努めなさい——と教えられた。

エルザはヴァレオンの最初の花嫁であったが、最初だからこそきちんとわきまえるよう、短い時間の花嫁教育の中で何度も言われている。

「どうか、お仕事にお励みください」

貴婦人らしく膝を折って頭を下げると、ドレスのたてるかすかな衣擦れの音に重なって、ヴァレオンの低い笑い声が耳に届いた。

「陛下?」

「……いや、すまない」

ヴァレオンは笑みを口元に残したまま、しかしどこか獰猛《どうもう》さを秘めた目でエルザを見下ろした。

(怒っていらっしゃる……?)

胸がヒヤリとした。なにか間違ったのだろうか。

「陛下……?」

「ああ、すまない。理性と感情の齟齬《そご》とはこういうものかと感じ入っていた」

「え?」

「おまえの答えについてだ、エルザ・メディベル。そうだな、砕いて言うと……国を思う花嫁の態度としては立派だと、王のわたしは感心した。しかし私人としては、仕事をしろと放りだされた気分になったということだ」

「わ、わたし……」

「相手をしろと髪を振り乱して騒がれるのも困るが、それも悪くはないとも思っていた」

「……」

「無理に答えようとしなくていい。口を閉じろ」

「……はい」

エルザは俯いた。

(陛下がなにをおっしゃっているのかわからない……)

「とりあえず先に謝っておく」

困惑するエルザの頭の上で、ヴァレオンは飄々《ひょうひょう》と続けた。

「仕事を終わらせる間、ひとりにさせる。夕食までの時間、あちこち見て回るといい。おまえはリザリアが好きだったな。中庭に出る時間ではないが……顔を上げろ、その窓からも見られるはずだ」

ヴァレオンは窓を指し、その手でさらに奥の扉を指した。

「あの先に、おまえのための部屋がある。メディベル家から届けられた荷物はそのままにしてあるが、こちらで用意したものもある。確認するといい。気に入らないものがあれば交換しよう」

「そんな」

「いや、好きにしていい」

ヴァレオンはエルザの言葉を遮り、顔を傾け微笑んだ。

「ここにいる間、おまえは自由に外に出られない。せめて好きなものに囲まれ、居心地よく過ごしてほしい」

「ありがとうございます」

「待っていてくれ、すぐに終わらせる」

「はい、では」

「エルザ」

「はい」

「……いや、いい。行ってくれ」

ヴァレオンは軽く手を振りながら背を向けた。

エルザはあらためて頭を下げ、示された扉へと向かった。

2

エルザは社交活動に熱心ではなかった。

むしろ後ろ向きで、ごく小さな集まりを含め、片手の指で数えられるほどしか出席していない。

そんなエルザでも、そして昔からさして重要な地位に就いたことも活躍したこともないメディベル家であっても、取りこぼすことなく王宮から招待状は届けられた。

王からの招待状が届いたならば、出席しなくてはならない。自分の小さな部屋で、描きかけのスケッチに色をつけて過ごしていたいので無視します——というわけにはいかなかった。

これはルクス・リザリア国民としての義務であり、実際は招待状という名の命令でもあったからだ。

しかしエルザは、金縁で飾られた招待状を手に茫然《ぼうぜん》とするばかりだった。

同行してくれる友人も知人もいない。どうやって王宮に行く手はずを整えるのか、なにを着ればいいのか、流行《はや》りはなんなのか——なにもわからない。

ますます行きたくない……と縮こまっていたところ、数日後、話を聞きつけたふたりの姉が屋敷に乗り込んできた。

王の花嫁選びの夜会は、すでに国中が浮かれ騒ぐ話題になっていたのだ。

即位して三年。その間、周囲の声に構わず独身だったヴァレオンが、ようやく迎えようとしている最初の花嫁になるのだから当然だった。

姉たちは、いい機会だからとエルザをなだめつつ準備を手伝ってくれた。

万が一にもあなたが花嫁に選ばれることはないから、とにかく社交界に顔を出しなさい、ほかの人にも親しむようにしなさい――というのが彼女らの主旨だった。

ふたりは微笑んでいたが、宝石より美しい目にはそれぞれ心配と後悔が浮かんでいた。

エルザは胸を衝《つ》かれた。

（お姉様たちは気にされていた）

そして、そう思わせた自身を嫌悪した。社交界に出ないことで、ふたりを責めているように思われたのだ。

エルザが屋敷にこもりがちになったのは、姉たちと比べられ、人に笑われるのがいやだったからだ。

ルクス・リザリアでは、十代後半から社交界に出ることが多く、エルザもまた、はじめて出席したのは十八歳のときだった。

当時も、心配した姉たちが援助してくれて出席できた。さらに彼女らは、付き添いも買って出てくれた。

そうして三人で出かけた夜会。

覚えているのはきらびやかな広間、着飾った人々――そしてくすくす笑う声。

お姉様たちに似ていらっしゃらないのね、と数え切れないほど言われた。お姉様たちはそれはそれはお綺麗で、全員が虜《とりこ》になったものですが、と。

それでもエルザは微笑み、必死に話した。

姉たちほど綺麗ではなくても、頭がよくなくても、わたしとお友達になりたいと思ってくれる人がいるかもしれないのだから。

好きな絵のこと、メディベルの地所にある花のこと……。

だが言えば言うほど、くすくすと笑う声は大きくなった。礼儀作法を知らない相手に対するような、困惑を含んだ、どこか卑下するような笑いかただった。

姉たちは久しぶりの華やかな場でたくさんの人たちに囲まれ、ずっとそばにはいてくれなかった。既婚の付き添い人として、彼女らは地味な装いだった。それでも人の中心になってしまう魅力――それは、エルザの自慢でもあった。

だから仕方ないと、あのとき思った。

いまも思っている。でも。

(でも……)

エルザにははじめての社交界だった。白いドレス、垂らした髪には白薔薇をつけて着飾った、初々しく華やかなその姿で——笑われて、ひとりきり。

自分がひどくつまらないものだと思い知らされ、社交界を恐れた。

そして屋敷からも出なくなっていったのだ。

いまでは顔も覚えていない人たちにつけられた傷は、二十一歳になっても癒《いや》されることなくジクジクと痛み続けていた。

そんな中、王宮からの招待状が届いたのだ。

断ることなどできない招待。そして姉たちのためにも——もう一度、頑張ろうと思って前を向いた。

(どうせ花嫁に選ばれるはずもないのだからって)

——そう思っていた。

だが選ばれてしまった。

夢のようだったあのひととき——あの夜会が終わった後、メディベル家に戻される間もなく王宮にとどめ置かれ、花嫁教育がはじまった。

これまで経験したことのないほど多忙で、心の中では葛藤が荒れ狂う怒濤《どとう》の日々だった。

華やかで巨大な王宮のどこで起居させられているのか、どこを歩かされているのかもわからないままのひと月……。

その間、王が顔を見せたのは片手の指で足りるほどの回数で、都度、エルザはスカートをつまんで頭を下げたまま、目を合わせることもできなかった。

たくさんの侍従や女官、役人が囲む中でのことだったので、当然、ふたりきりで話すということもなかった。

なにより王はいつも突然やってきて、サッと帰っていったから。

まるで突風のようだった。そのときは強烈だが、一瞬で去ってしまう。残されるエルザの心だけを乱して。

果たしてそんな王の近く、花嫁としてやっていけるのか……。

恐れる気持ちのほか、なにかが胸に萌《きざ》す間もなくひと月が経ち、仮の結婚式が執り行われた。

あくまで仮の式である。ルクス宮に入るための契約といった側面が強いので、結婚式という名目ではあったが、夫たる王は出席せず、エルザの誓いと署名で終わる。

それでも壮麗な礼拝堂での儀式は、心に強く刻まれた。

七色の光が射す美しい空間を満たす花の香り、柔らかく重なる音楽。

招待された姉たちは興奮が過ぎて真っ赤な顔をしていた。涙ぐむ父の顔も覚えている。

（……ああ、でも……）

信じられない気持ちは、あの夜から続いている。

あの夜――王宮での夜会、リザリアの花が光ったあの不思議な夜。

淡い光に浮かんでいた王の顔。

（……わたしが、あの人の、花嫁……）

エルザはまだ、リザリアの花の光が見せている幻の中にいるような気がしていた。


「すてき……」

目にした途端、ぽつりと短い言葉が漏れた。

図案化されたリザリアの花が彫られた扉の先は、白や金、そして淡紅色に彩られた明るく華やかな部屋だった。

壁の一面は格子で仕切られたガラスが嵌められている。開閉できるのはその下部だけなのだが、天井近くまであるガラスを通して日射しを贅沢《ぜいたく》に取り込めるようになっていた。

ソファやテーブル、棚などの調度類も、白を基調にした丸みのあるデザイン。さりげなく飾られた絵画も、美しいものばかりだ。

ゆっくり歩きながら見るうち、奥に細い扉があるのに気づいた。淡い色合いをした羽目板の一部に見えるよう細工された扉だった。

その花の形をした把手を回して押し開けると、小さな部屋が現れた。

寝室だ。レースを垂らす天蓋のついた寝台が中央に、端には扉のついた衣装棚、大きな鏡も置かれている。

寝台の足元には、いくつか積み重ねられた長櫃《ながびつ》があった。古ぼけたその櫃を目にして、エルザはハッとした。

「わたしの……！」

駆け寄り、長櫃の蓋に両手を置く。

母親の形見のひとつだった。子供のころから使い、大切なものは全部ここにしまってきた。

エルザにとってはこれ自体が宝物だ。

でも……。

(……王宮の、しかも神聖なるルクス宮に……こんなにふさわしくないものってある？)

表面に塗られた青も褪《あ》せ、彫られた装飾もすり減ってしまっている。

(運んでくれた人は、笑ったでしょうね)

エルザは結局、夜会の日から一度もメディベルの屋敷に戻っていない。荷物を詰めてくれたのは姉たちだ。王宮で行われた仮の結婚式のとき、急いで告げられた声を思いだす。

(わたしの部屋にあったものを入れたからって)

エルザは長櫃の前で屈《かが》み、蓋の金具をいじった。カチ、カチャン、と、ゆるんだ金具独特の音を聞いて、目元が熱くなってくる。

「……あった……」

入っていたのは、普段、メディベル家でエルザが使っていたものばかりだった。

普段着の古いドレス、下着や靴下。本が数冊、裁縫箱など。寝台脇の棚に並べていた、幼いころに姉たちが作ってくれた人形まである。

そして、これまで描き溜《た》めた何冊ものスケッチ帳。絵具や筆を収めた小箱。

膝から力が抜け、エルザは座り込んだ。

そのまま手を伸ばし、櫃の中を探ってスケッチ帳を一冊取りだす。表紙の白い革も汚れてボロボロの古いスケッチ帳だ。

(……こんなに、ここにふさわしくないものがある？)

なにもかも美しく眩《まばゆ》い王宮。

占星盤を収める神聖なるルクス宮。

そして――ヴァレオン王。

スケッチ帳をギュッと抱いて身体を丸め、エルザは目を閉じた。

瞼《まぶた》がふるえて、涙が滲みだす。

「ふ、ふさわしくないの……わかってる……」

喉に熱い塊ができたようで、ひ、ひ、と息が詰まる。

(泣きたい)

大声で泣きたかった。

ずっと、そうしたかった。

わたしにはできない、無理ですと叫んで逃げたかった。

メディベルの家に帰りたかった。王宮になんていたくなかった。

しかしそんなことは言えない。顔にも態度にも出せない――それはわかっていた。

だから必死だった。王の花嫁に選ばれて光栄です、嬉しいです、頑張りますと、聞かれなくても口にした。いつも笑顔で。

そしてルクス宮にいる。

ヴァレオン王とふたり、これからここで過ごすのだ。

(怖いよ)

エルザは気づいた。王は怖い――怖い？

(……うぅん、違う)

執務室の扉を開けてくれたヴァレオンを思いだす。

たしかに王として人に傅《かしず》かれ、命令することに慣れた尊大さを感じた。端整な顔、均整の取れた大きな身体の威圧もあり、間近に立たれると畏縮してしまう。

だが、それだけではなかった。

エルザ、と呼ぶ声。語る声。

(なにを言っているのかよくわからなかったけど)

緊張のせいもあって、言っていることは半分も理解できなかったが、それでも気遣ってくれていることはわかった。

優しくしようとしているのだと、そう理解できるくらいにはエルザも鈍感ではない。

微笑んだ顔を思いだす。そうしていても鋭さを宿したままの目を。

青みを帯びた刃が美しいのと同じく、心をふるわせる印象的な目だった。

そこに映ることが恐ろしかった。

自分は違う、ふさわしくないと……。

（……ああ、そうね）

ふいに気づく。

（わたしなんかが花嫁になってしまって……申しわけないと思っているのよ……）

ヴァレオン王は即位して三年だが、すでに名君の誉《ほま》れ高い。

ルクス・リザリアの王は占星盤の導きで国を治めるが、占星の結果を読み解く力は王個人の思考なり好悪の方向性に依ることもある。

占星の結果に恣意的な解釈を混ぜてしまうのだ。

けれどヴァレオン王がそうしていたとしても、彼の決定はすべて国の発展につながった。

つまりヴァレオンの恣意が占星の結果に混じったところで、それは国のため、国民のためだと、現在の国の姿が証明しているのだ。

彼は君主として、すでに歴代の王と遜色ないほど敬愛され、絶大な支持を得ている。

(そんな御方の花嫁……しかも最初の花嫁がわたしって……)

「――エルザ！」

「はいっ」

叩くように呼びかけられ、バネ仕掛けの人形のように頭が上がる。

(陛下？)

しかし振り返るよりはやく、大きな身体は背後にあった。

王であるというのに躊躇《ためら》わず床に膝をついたヴァレオンは、エルザの肩に手を置き、じっと顔を覗き込んできた。

「どうした、具合が悪いのか」

「いっ、いえっ」

「では、どうした」

「いえ……わたし、あの……」

(陛下、い、いつのまに？)

仕事は終わったのだろうか、と思った。次いで、こんなに近づくまで気づかないなんて、と焦燥に似たざわつきで胸の奥がキュッとする。

(た、立たないと。あ……わたし、顔……ひどい顔しているわ)

様々な思考で頭の中がかき乱れているが、身体は動かなかった。

（ち、近い……）

青灰色の目が怖い。肩に置かれた手が重く、熱い。まるで縫いとめられているようで、動けない。

ヴァレオンは眉をひそめた。

「泣いているな」

エルザはハッとして、顔を背けた。

「に、荷物を見ていて、それで」

「こちらを見ろ、エルザ」

「……」

「見たくないのか」

「……そんな、ことは……」

「では、見ろ。そしてわたしの問いに答えろ」

強い口調ではなかったが、逆らえないものが含まれている。

エルザはふるえる唇を噛《か》んで、命令に従った。

寝室の細長い窓から落ちる金色の光を背にしたヴァレオンは、身動《みじろ》ぎもせずエルザを見つめていた。

沈黙が落ちる。

人であふれる絢爛《けんらん》たる王宮のそばにありながら、ルクス宮は恐ろしいほどに静かだ。

いまも静けさが耳に痛いほどで、窓の外、どこかであがった鳥の鳴き声が空気を鋭く裂き、耳を劈《つんざ》いていく。

「──わたしがいやか」

ふたたびシンとしてから、ヴァレオンが切りだした。

わたしがいやか──と、その言葉はエルザの胸の内で反響した。

わたしが、陛下を？

(わたしが陛下をいやがる？　わたしが？)

「陛下では……？」

なにも考えないまま、口が動いていた。

「わたしが花嫁でいやなのは、陛下のほうではないのですか」

「なに？」

「わたしなんかが花嫁で」

(お姉様たちのように美人でもないし頭もよくないし……小さくも可愛くもなくて、そんなわたしなんかが)

「エルザ」

遮った低い声に特段の変化はなかったが、エルザは殴打されたようにビクッとして口を閉じた。

「おまえのいまの言葉は、わたしを怒らせるに足る」

「……っ」

エルザは慌てて目を伏せ、さらに身を縮めた。

「申しわけありません」

小さく謝罪を口にするが、ヴァレオンはそれには答えず、エルザの肩に置いたままだった手にわずかに力をこめた。

「王は国のためにある。ゆえに、国のためになる相手だと星が示せば受け入れる。結びつきの理由は異なるが、もともと王族の結婚など政略と切り離すことはできないものなのだし、問題はない」

「はい……」

互いの利益を計る政略とは違うが、これも国のための結びつき——エルザはそう言われたのだと理解した。

(花嫁が不出来でも、好き嫌いも……陛下には関わりないことなのね……)

少なくともヴァレオンの中で、これは政略結婚として受け入れられていることなのだろうと。

「わかりました」

小さく答えると、ヴァレオンは首を振った。

「話はこれからだ、エルザ。王としてはそういう心構えを持つべきとわたしは思うのだが、王の花嫁は違うと考えている」

「違う？」

「そうだ。花嫁は、王が守るべき国のひとつだ。だから犠牲になる必要はないと」

「犠牲……」

エルザはその強い言葉を繰り返した。犠牲。

王の花嫁が？

(わたしが？)

「エルザ、すまなかった」

ヴァレオンはエルザの戸惑いに頓着せず、話を続けた。

「こうなる前にきちんと話し合うべきだった。わたしはルクス宮で過ごす時間を確保するため、このひと月、忙殺されていた……いや、言いわけだ」

王は、自嘲をすり潰《つぶ》すように口を閉じ、首をねじってエルザに目を向けた。

「おまえも望んでいるのだと、そう思い込んでいた。報告していた侍従や女官たちは、おまえは頑張っている、喜んでいると伝えていた」

「……」

「冷静に考えればそうではないと気づけたはずだ。わたしのことも知らないのだし……なにより、おまえには思う相手がいたのかもしれない。……いるのか？」

「いません」

「そうか」

ヴァレオンは淡々と頷いて、それから微笑んだ。

「もしそんな男が存在していたら、国のためと言いながら悪辣《あくらつ》な手を使いそうだった。しかし思う相手がいてもいなくても、おまえにいやだという気持ちがあれば……」

「わたしは陛下を敬愛しています」

エルザは急いで口をはさんだ。

「……だからこそ、陛下にふさわしくないのではと」

「ふさわしいかどうかは星が決めることだ。それに王への敬愛も、この国の民ならば抱いて当然のものだ」

傲慢にそう言い切ると、ヴァレオンは目に力をこめ、エルザを見下ろした。

「おまえにとってわたしという男がいやか、いやではないか、そういう問題だ」

「そんなこと……」

エルザは息を飲んだ。

（陛下を、男の人として？）

国王としてのヴァレオンしか知らない。

即位してからの三年間、彼は国を思い、民を思う立派な君主だった。そのことに感謝し、敬愛している。

しかしその気持ちを捧げる相手は、エルザにとってメディベルの屋敷から見える王宮——まさに銀の冠を戴く遠い人のことだった。

これまでのひと月、数えるほどではあったが、顔を合わせてきた。しかし、そのときも実際、エルザにとってはただの国王のままだったのだ。

けれど、いま。

（もっと知りたい）

ヴァレオンという男性を、全部、知りたい。

わたしがいやか、と問うてくれた優しい人を、もっと。

意を決し顔を上げ、ヴァレオンの目をしっかりと見つめ返す。

「いやではありません」

「ほんとうか」

「ほ、ほんとう、です」

「……」

「あの、わたし……わたしは花嫁に選ばれたことを、まだ信じられないのです」

エルザは混乱する頭を整えるように、ひとつひとつ言葉を絞りだした。

「王宮で……たくさんの人に囲まれて、これまでとはまったく違う環境が……どんどん進んでいくのが不安でした。ですが、いやだったら……ほんとうにいやだったら、わたし、逃げていました」

「そうか」

「はい。あの、それで、これからも緊張や不安はずっと続くと思います。……でも、陛下を失望させないように、花嫁として努めます。おそばにいたいと思っています」

「うん」

ヴァレオンはエルザの言葉を飲み込むように、ゆっくり瞬いた。青灰色の目から鋭さがなくなり、柔らかくなる。

「エルザ、おまえの率直さに応えよう。わたしもだ。わたしもおまえがいいと思った」

「え……？」

「夜会のときだ。たくさんの令嬢がいたが、おまえだけが気になり、目で追っていた。慣れていないのだろうとすぐにわかった。ひとりきりで、不安そうだった」

ヴァレオンは思いだすように目を細め、口元をほころばせた。

「そのうちおまえは、顔を輝かせてあちこち眺めはじめた。その様子を見るうち、わたしも次第に楽しくなってきた。見ているものを、一緒に見たくなった。おまえの目に映る世界は美しいのだろうと、そう思った」

「そんな……」

エルザは頬が熱くなるのを感じた。

(見られていたなんて)

「へ、陛下は、あのとき」

エルザは訊《たず》ねていいのかと思いつつ、恐る恐る続けた。

「……従者のふりをされていましたが、どうして……?」

「王のままでは、令嬢たちは王に向けた顔を作る。わたしは素の彼女らを知りたかった。女性ばかりだし、従者は顔を隠したほうが楽しめるだろうと、わたしをまぎれ込ませるためのもっともらしい理由まで作った」

「それであの仮面を……。わたし、驚きました、陛下だと知って」

「悪かった。いまでも、おまえの驚いた顔を思いだすと悪いことをしたと思う」

「そんな」

「だが、従者のふりで気兼ねなく近づけた。あのとき、ここに……おまえの髪にリザリアを挿した」

ヴァレオンは指先でなぞるようにして、エルザのこめかみから髪へと触れていく。

そしていまもそこに花があるように微笑んだ。

「光っているのがこの花だとわかったとき、わたしは高揚した」

「……」

「エルザ、わたしの花嫁」

髪に触れていた大きな手が、ふいに後頭部に回された。

そのまま広げられた指にがっちりと固定される。

「陛下……ん……っ」

驚きに開いた唇から漏れた吐息ごと奪われるように、ヴァレオンに口づけされていた。

とっさに目を閉じた。

それ以外、どうしていいかわからなかった。

花嫁に決まったときから、こうした行為を想像しなかったわけではない。

だが頭の中で描かれたそれは、足元にきらめく小川が流れる森の中だとか、花が咲き乱れる庭だとか――そういった場所で、慎《つつ》ましく触れるだけのものだった。

薄暗い寝室で隠れるように、座りながら性急に行われるものではなかった。

なのに。

「……あっ、ふ、あぁ……っ」

無意識に逃げようと反る身体を、後頭部と肩に置かれた大きな手にがっちりととめられている。

その手で、ぐい、と髪を下に引かれ、仰《の》け反った顔に被せてヴァレオンがさらに密着してきた。動くこともできず、されるがまま固まるエルザの、ぽってりとした唇が甘くてたまらないというように、男の舌が舐《な》めていく。

「ん……っ」

腕に抱えていたスケッチ帳が滑り落ちた。

胸の奥がキュッと絞られたように痛み、エルザはたまらず喉を鳴らすようにして喘《あえ》いだ。

息が苦しい。苦しい。

ぞくぞくと、痺《しび》れるようななにかが這い上り、全身をふるわせる。

「エルザ」

一度、唇を離したヴァレオンが、かすれた声で唸《うな》るように言った。

「……口を開けろ」

「く、ち……?」

「そうだ、そのままでいろ」

「あ」

ふたたび重ねられた唇は、性急にエルザを求めてきた。

割り入ってきた男の厚い舌が、深く差し込まれる。

触れ合い、絡み、こすられる。チュ、チュ、と濡《ぬ》れた音が頭の芯まで響き、淫らな熱を増幅させていく。

「……ん」

エルザの手が持ち上がり、ヴァレオンのまとう黒い上着の胸元に添えられた。押し返すのか、それともすがればいいのかわからず、ただ、上着を飾る大きな襟を握る。

ヴァレオンとの口づけは、想像していたようなものではなかった。晴天の下、鳥がなにかを啄《ついば》むような可愛らしいものでは。

もっと生々しく、もっと熱く。

(もっと)

「あ、ん……っ」

茹《ゆ》でられているように全身が熱い。

胸骨を叩く心臓は破裂しそうだった。

ヴァレオンの舌がなぜこんな器用に動くのかわからない。そして動くたび、刺激されるたび、切ない痛みが下腹部で弾けるのはなぜなのか。

「……エルザ」

唇を浮かせたヴァレオンが、エルザ、と何度も繰り返す。

エルザ、エルザ――優しく呼ぶだけで、もう口づけはしてくれない。

（どうしよう、わたし）

もっとしてほしい。

「へ、陛下、あ……わ、わたし、わたし……変な感じです……っ」

「わかった」

ヴァレオンは頷いたが、間近でエルザを見つめたままで、親密な触れ合いを再開するつもりはないようだった。

斜めに差し込む夕刻の光が、ヴァレオンの端整な顔にくっきりとした陰影をつけている。輪郭がはっきりしないのに、なぜか王は怒っているようにも見えた。眉根を寄せ、いまは濃い青にも見える目は瞬きもせずエルザを見据えている。

「陛下……？」

「占星盤は今夜を示した」

ヴァレオンはそう呟くと、エルザの肩に置いていた手を滑らせ、すんなりとした首筋を指の腹で撫でた。触れるか、触れないか——そんな柔い力で。

「……ん」

くすぐったさに身を竦《すく》ませると、ヴァレオンはエルザの肌に触れたまま、その手をゆっくりと下げていく。首から鎖骨に。

そして白いドレスの胸元を飾る青いリボンを弾いた。

「おまえは占星盤を輝かせなくてはならない」

「は、はい」

「そのために必要なことを占った。結果、今夜からはじめるべきだとわたしは読み解いた」

処方を告げる医師のように淡々と言いながら、ヴァレオンはリボンの端をつまんで引いた。

シュッ――と、滑らかな生地がたてる独特の音とともにリボンが解かれ、ドレスの胸元がふわりと広がる。

エルザはハッとして手を上げたが、その前にヴァレオンに止められた。

「おまえはわたしのほんとうの花嫁になる」

言い終えるや、ヴァレオンは軽々とエルザを抱き上げた。

その拍子にエルザの靴が脱げ、カラン、と音をたてて床に転がった。

3

(えええ!?)

エルザは胸中で悲鳴をあげた。

父は優しい人だったが細身で力がなく、抱き上げてくれたのははるか昔の記憶だ。いくつのときだったか、高い位置にあった木の花が欲しくて自分を持ち上げてくれと頼んだとき、容赦なく言われた。

『重いから無理だよ』

その言葉で、エルザは色々なことを諦めた。

(なのに)

ヴァレオンはそのまま歩きだす。

とっさにその肩にしがみつき、エルザは必死の面持ちで言った。

「わたし、重いので！」

「たしかに羽根のように軽いとは言わんが、しっくりくる」

足を止めたヴァレオンは、寝台の天蓋から垂れる、ドレス飾りのように何重にも重なり膨らんだレースの下で微笑んだ。

「実に心地よい。このまま抱えていたいほどだが、下ろすぞ」

「は、はい……？」

枕元から足元まで覆う上掛けは、淡紅色と金で彩られた薔薇の刺繍《ししゅう》がされている。芸術品のような美しいその上掛けに、足を伸ばして座る形で下ろされた。

華やかな色彩の上で、布を重ねてたっぷりとさせている白いドレスのスカート部分が広がった。斜めに差し込んでいた夕刻の日射しが、ドレスをほんのりと赤く染めている。

(寝台……)

カアッと頬が火照った。

口づけの、さらにその先を考えなかったわけではない。

だがエルザにとって未知のその部分は、明かりひとつない夜に行われるものとして、想像の中でも黒く塗り潰されていた。

(今夜とおっしゃったし……いまは、お話しするだけかも)

エルザは困惑を飲んで微笑み、寝台のかたわらに立つ王をチラリと見た。

「あの、陛下……」

そして息を飲んだ。

ヴァレオンは上着を脱ぎ、寝台脇の棚に置いていた。銀糸の刺繍で飾られ重たげだった黒い上着の下は、驚くほど簡素な白いシャツだった。

その立ち襟部分をとめるボタンを片手で弾くようにして外し、エルザの視線の先を承知しているように、しっかりとした骨の目立つ喉や首、胸元を覗かせる。

エルザは固まった。

(夜ではないのに!?)

「へ、陛下」

「ヴァレオンだ」

上半身を屈め、エルザの脇に手をついたヴァレオンは、目の高さを合わせてそう言った。

「おまえだけは名前で呼んでくれ」

「……ヴァレオン様」

望まれるままそう口にすると、ヴァレオンは、ふ、と小さく笑って、笑んだ形のまま唇を押しあてる。

「そうだ」

「ん……っ」

寝台が軋《きし》んで、揺れた。

(揺れているのは、わたし……？)

目を閉じても、淡い闇の中でぐるりぐるりと回転しているようだ。

倒れても寝台の上なので問題はないだろうが、エルザはすがるものを求め、両手をヴァレオンの肩に置いた。するとヴァレオンはさらに距離を詰め、寝台についた手をそのままに、もう片方の手をエルザの背に回した。

ぐい、と引き寄せられ、さらに距離が縮まる。

「ん、あ……」

ヴァレオンの舌が唇を割り、拒絶を許さない強引さでエルザをとらえる。

濡れた舌はくちゅくちゅと音をたてて淫靡《いんび》な律動を繰り返し、絡んで、こすり上げていく。

「ん……っ」

全身がキュッと縮むような感覚に、エルザは喘いだ。

その吐息も奪うように、ヴァレオンは口づけを続ける。

（茹《ゆだ》りそう）

熱くて熱くてたまらない。きっともう頭蓋の中身は溶けている。考えられない。なにも。

耳元で鐘が叩かれているように、ガンガンと鼓動が響いている。

「あ、あン、ん……っ、ん……？」

身体を締めつけていた布の感覚がなくなった気がした。

エルザは唇を離し、うっすらと目を開けた。

至近距離で微笑むヴァレオンの唇が、かすかな明かりに濡れ光っている。そこから目が離せずに、エルザはぼんやりと言った。

「……陛下……わたし……」

「ヴァレオンだ」

「ヴァレオン様……わたし、暑くて……」

「わかっている。もう少しだ、待て」

「はい……？」

解放され、浮き上がるような感覚の後、ざらついた硬い手が背を撫で下ろしていく。

その動きに従い、剝《は》がれるようにしてドレスの柔らかな生地が滑り落ちた。

寒さを感じたわけではないが、肌がサッと粟立《あわだ》つ。

腰を飾っていた幅広の帯も解けていた。青い塊になったその上に、ドレスの身ごろが落ちている。

ドレスはいま、両袖が腕に引っかかっているだけだ。いつのまにか、背にずらりと並んでいたボタンも外されていた。下につける、胸から腰にかけて巻く形の胴衣《コルセット》もゆるめられている。

(いつのまに……)

早業に驚くうち、最後の砦《とりで》となった胴衣もなんの躊躇《ちゆうちよ》もなく取り去られていた。仄暗い中でも白々と浮かぶ、豊かな胸が揺れて現れる。

「わ……っ」

隠そうと胸元で交差した腕を、ヴァレオンの手がつかんだ。

「おまえはわたしの花嫁だ」

青みの強い蛋白石を思わせるエルザの目を、貴重なものを愛《め》でるように見つめ返したヴァレオンは、子供に言い聞かせるように優しくゆっくりと言う。

「花嫁として占星盤を輝かせ、わたしのそばにいなくてはならない」

「せ、占星盤を?」

「そうだ。そのために今夜、そして明日も明後日《あさって》も、おまえを抱く」

ヴァレオンは、エルザの腕をつかむ手に力をこめた。強い力ではなかったが、抗《あらが》うことはできなかった。熱を帯びたその手で腕を下ろされ、素肌が晒《さら》されていく。

生まれてはじめて他人の――しかも異性の前で肌を見せる羞恥に涙が滲む。

(でも、わたしは花嫁になったんだから……)

花嫁は王のもの。王が望めば身体を開く――わかっている。そのことは怖くない。

それでも不安が脳裏をかすめる。

(どう……思われるのかしら……?)

「綺麗だ」

視線を落としながら、ヴァレオンがささやいた。

エルザの腕から離した手を持ち上げ、その指先でふくらみに触れる。なぞるようにゆっくりと、ふくらみ全体を、そして淡く色づく頂に。

「薔薇色」

「あ……っ」

「可愛いな、尖《とが》っていく。色も濃くなっていく」

指の腹で丹念に愛撫《あいぶ》しながら呟いたヴァレオンは、もう片方の乳房に顔を寄せていった。

熱い息をかけられ、ビクッと竦んだエルザを安心させるように――あるいはさらに追い詰めるように、ヴァレオンは薔薇色の先端を舐めた。

「……んんっ」

全身を貫いた刺激に、エルザは仰け反った。

ヴァレオンは躊躇なく口に含み、温かなその中で強く吸った。

「や、あっ……んぁ、あっ」

我慢ができず、身悶《みもだ》えながら寝台に倒れ込むと、ヴァレオンはエルザのドレスをすばやく脱がせた。そして自由になったエルザの手首をつかんで、腕の内側に唇を押しあてながら、覆い被さってくる。

「ヴァ、レオン、様……まだ、あのっ」

エルザは荒い息の合間に、必死で言い募った。

「まだ、夜では……夜ではないのに……っ」

「そうだな」

動きを止め、ヴァレオンは真上からエルザと視線を合わせた。

「じきに暗くなる。もっと暗くなっても、夜が更けてからもしよう」

「え、あっ」

エルザの乳房を包み、頂を指ではさんで揉《も》みしだきながら、ヴァレオンは笑う。

「心配しなくていい。だれも来ない。わたし以外、ここに来ることを許していない」

「あ、そ、そん……あんっ」

そこを心配していたのではないのだが、頭の片隅に安堵が生じたのはたしかだった。なにしろ王宮では、寝ているときでも部屋に人が出入りするような生活をさせられていたのだから。

「可愛いエルザ」

ヴァレオンは顔を寄せ、あ、あ、と声を漏らすエルザの唇をふさいで、啄むように口づけた。

「おまえはほんとうに可愛い。声も……想像していたより、ずっと」

「ヴァレオン様……っ」

足の間が激しく脈打ち、疼いて痛い。エルザは腿《もも》を擦り合わせた。

「あ、あの、わたし、おかしくなりそうです」

「そうか、わたしもだ。エルザ、脱がせるぞ」

「……えっ……えっ」

スカート部分は柔らかな生地とレースを重ねてふんわりとさせている。そのスカートを、ヴァレオンはまとめて引っ張った。

びり、と破れる音がして、反射的に上げた腰からするりと引き抜かれる。

下着もまとめて外され、生まれたままの姿にされたエルザは、悲鳴をあげることも忘れて身体をよじり、とっさに隠そうとした。腿の半ばでとめて穿《は》く、ごく薄手の長靴下《ストッキング》だけが頼りなく両足を包んでいる。

「ヴァ、ヴァレオン様っ」

「動くな」

ヴァレオンは短く命じると、ぐい、とエルザの両足を抱え、もう片手で残ったドレスを引き抜いた。そして身体の位置を入れ替えながらエルザの足を開かせると、その間に片膝をついて閉じられないようにした。

「……！」

エルザは両手を上げ、自分の顔を覆った。

外はだいぶ暗くなっていたが、エルザが想像していたような闇の中ではない。ヴァレオンの姿がエルザにわかるように、青灰色の目にも自分のすべてが映っているのだろうと思うと、恥ずかしくてたまらない。

「エルザ、エルザ」

ヴァレオンは自身に刻んでいくようにエルザの名を口にしながら、乳房に触れた。

その手はゆっくりと腹部に、美しい曲線を描く腰に移っていく。

そして髪と同じ色の茂みを撫でられ、その下へ……。

「……あっ」

ヴァレオンの指は割れた肉の間、慎ましいひだをくすぐるようにたどって、ゆっくり、ゆつくりと何度も行き来した。

エルザは息を詰め、女の部分の疼くような痛みと切なさに腰を揺らした。

下腹部の奥が熱くて、そこからトロリとあふれてくるものを、ヴァレオンの指が塗り広げるように動かしている。

(陛下の、あの指が)

エルザの脳裏に、骨のしっかりした男性の手が浮かぶ。美しい形をした長い指——あれが、わたしの、わたしの……。

「……そ、そんなところ、を、あ……っ」

「解《ほぐ》さなければ痛む」

「あっ、あん、あっ」

「柔らかくて、とてもよく濡れている。エルザ……」

ゆっくりだった指の動きが次第にはやめられ、刺激が強くなった。クチュ、クチュ、とひっきりなしに聞こえる音が耳を打ち、それにも煽《あお》られ熱が増す。

「ん、んっ」

エルザは身をくねらせた。ヴァレオンの指がもたらす悦楽が身体のあちこちで弾け、焼けるような感覚に苛《さいな》まれる。

「ヴァ、レ、オン様……っ」

「どうした」

「わたし、わたし……あっあぁ……っ！」

つぷ、と濡れた音をたて、ヴァレオンの指がエルザの秘めやかな入り口を突いた。そして熱く濡れた隘路《あいろ》をこする。優しく、執拗《しつよう》に。淫らに。

「あ、ああ、あんっ、ん」

口元を押さえていても声が漏れてしまう。

（は、はしたないって、思われる……っ）

だがヴァレオンは叱責も失望も口にせず、むしろ動きをはやめた。抜き差しする指をそのままに、手のひら全体で秘所をこする。

突然、鋭い歓喜が駆け抜けた。

「……あぁっ！」

経験したことのない強い快感で腰が跳ねる。

エルザはとっさに両手でヴァレオンの腕につかまり、爪を立てた。

息ができない。ギュッと絞られるように快感が続く。咥《くわ》え込んだヴァレオンの指を絞るように内部が緊張する。収斂《しゅうれん》していく。

そして甘美な高みから墜ちた。

「あっ……！　はっ、んっ、ん……っ」

はぁ、はぁと荒い息をひとつふたつと吐きだすごとに、脱力していく。

とろりとあふれたものがヴァレオンの指をしとどに濡らしていた。

「エルザ」

「あ……っ」

引き抜かれた指に追いすがるように、女の匂いが強く立ち上る。

「エルザ、わたしの花嫁」

低くささやいたヴァレオンは、膝を使ってさらにエルザの足を開かせ、すばやく間に入った。

エルザは絶頂後の心地よい疲労にぼんやりとしながら、目を上げた。

寝台はすでに暗く、互いの輪郭がうっすらと浮かぶほどでしかない。それでもヴァレオンが脚衣の前立てをくつろげるのがわかった。

男の興奮を示す陰影から目を逸《そ》らすと、ヴァレオンの手が膝裏にあてられた。そのまま、ぐい、と押し上げられ、蜜に濡れヒクつく花を晒される。

そこに、腰が浮く強さで硬いものが押しあてられた。

「あ……」

硬いだけではなく、ひどく熱く、大きい。

「すべてわたしのものだ」

ヴァレオンは上体を倒して覆い被さり、エルザに口づけた。

その唇の意外な柔さを感じるよりはやく、ギシ、と寝台が軋んで密着が増した。ヴァレオンの腕がエルザをギュッと抱く。

そして足の間、敏感な場所に押しつけられていた熱に貫かれた。

「あ……ッ！」

愛撫で蕩《とろ》けていたし、濡れてもいた。それでもはじめて受け入れる硬さ、漲《みなぎ》ったその欲望は、内部を切り裂いていくようだった。

「や、あ……っ、や……！」

痛い、と言ったのかもしれない。

低い声が、至高の立場にふさわしくない謝罪を口にする。何度も。

それでもヴァレオンは止まることなく、こらえきれない情動をぶつけるように激しく律動してエルザを奪っていった。

二章　占いで体位まで決めるのですか!?

1

夢は見なかった。

(……ううん、いまが夢なのかもしれないわ……)

天蓋から垂らされたレースの向こうは、朝の柔らかな白い光に包まれている。

昨日、はじめて通された寝室には、少女のころの夢が具現化したような美しさがあった。

レースと金色の緞子《どんす》で覆われた真っ白い寝台、アーチ形の華奢《きやしや》な窓など。

だからといってひと晩過ごしたくらいで見慣れもしないし、まして馴染《なじ》みもしない。

居心地の悪さを覚えながら、ゆっくりと身体を起こした。

(静か……)

遠く、どこからか鳥の声が聞こえるだけだ。

ぼうっとしているうち、上掛けが肌を滑り落ちていった。

全裸だった。

「わ……っ」

ギョッとして心臓が跳ね、一気に全身に血が巡る。

白い柔肌はところどころ赤くなっていた。乱れた髪の合間に覗く乳房の頂が熱を持ち、ジンジンと痛む。身体のあちこちも痛い。

(そ、それに、これは)

足の間がとくに痛かった。

もちろん理由は明白だ。

花嫁としての初夜は長く、ヴァレオンは何度もエルザとつながった。

自分の欲だけを押しつけるのではなく、反応を確認していくような、執拗な愛撫だった。

なにもかもはじめてのエルザは高まる熱に蕩かされ、力の入らない身体をヴァレオンに組み敷かれてじっくりと揺らされた。

女とはまったく違う硬い身体に必死ですがりつき、繰り返し声をあげるだけだった。

自分の中のどこにあったのか、淫らなものが次々あふれ、その中で溺れるだけ……。

(……わ、わたし……声とか、あ、足を開いて、あんな……)

歓《よろこ》びの声が耳の奥によみがえる。

ヴァレオンの低い声。ふたりの間で響いていた淫らな音。あの濡れた音。

荒い息、寝台の軋みでさえも――。

淑女としてあるまじき、はしたないことまで口走った気がする。

受け入れ、揺らされるうち意識を失《な》くしたのか、記憶は途中で切れている。

（わ、わわわたし……っ）

エルザは頭を抱えた。

男女の交わりは知っていた。それは必要で大切なことだとわかっている。

だが、蜂蜜の中に沈んでいくような甘くねっとりとした時間、重ねた身体の熱や、心地よい痛み――そしてこの翌朝の恥ずかしさはだれも教えてくれなかった。

（で、でも、口にできないわ……）

どんなに親しい身内であっても――いや、だからこそ。

ふたりだけの時間は、胸に秘めておくことなのだ。

胸の高鳴りも、互いの熱も、声も、言葉も。

濡れて蕩けていく、あのひとときは……。

「……」

火を噴きそうなほど熱い顔を伏せるうち、ふと気づいた。あれだけ様々な体液で濡れていたのに妙にさっぱりしている。

（ここも……？）

恥じ入りつつも、上掛けを剥いで下腹部を確認する。

綺麗だった。敷布にも汚れはない。

ホッとしつつも、エルザは首をひねった。

もしかするとヴァレオンが後始末をしてくれたのだろうか？　ヴァレオンが？　ルクス・リザリアの頂点に立つ人が？

そう思い至ると胸がヒヤリとして、息が止まる。

恐れ多さに身が縮んだ。せめて謝らないと――それともお礼を？　錯乱しつつ無意識に探した視線の先にはだれもいなかった。

（ど、どうしよう）

寝台に、自分ひとり。

部屋にいるのも自分だけ。

ヴァレオンは目覚めたときからいなかった。

「ど……こ、に……っ？」

こぼれたひとり言は、嗄《か》れた声に驚いて途切れる。

翌朝には声も嗄れるのだと教えてくれれば……など勝手なことを思いつつ、エルザはゆっくりと身体の位置を変えた。そのまま寝台から足を下ろして座ったまま手を伸ばし、枕元の小さなテーブルからグラスを取る。

水はさほど残っていなかった。

(そういえば……)

昨夜、ヴァレオンから口移しで飲ませてもらったのを思いだす。

その口づけからまた熱が生じ、すぐに貫かれたことまで……。

「……っ」

慌てて水を飲み干し、グラスを置きながら立ち上がろうとして呻《うめ》いてしまった。

足に力が入らない。

(どうしよう)

立ち上がって身づくろいをして――それからヴァレオンを探そうと思っていた。

顔を合わせた瞬間、羞恥で倒れてしまいそうだが、それでもヴァレオンに会いたかった。

顔を見て、声を聞いて、触れたい。

触れてほしい。

ここにいること、花嫁になったこと、昨夜のことが――夢ではなくほんとうだったと全身で感じたかった。

けれど気持ちばかり焦って、身体はついてこない。

(どうしてヴァレオン様はいないのかしら)

エルザの目に、涙が滲む。

目覚めてひとりだったことが、こんなにもつらい。

事が済めば離れ、それぞれの寝台で休む夫婦も多い。姉たちがそうだと言っていたので知っていたが、そういうことなのだろうか？

だが、胸が痛む。肌を重ね情熱的に求められた夜の記憶は生々しく、静かな朝、寝台でひとり残されたことへの空虚さは大きくなるばかりだ。

(どうでもいいの？)

もっとも親密に触れ合った最初の夜、そして最初の朝なのに。

(わたし、ひとり)

ヴァレオンはいない。

「……わたし……そうよね」

自分を卑下する黒くていやな気持ちが、蛇のように胸の内を這いずりはじめた。それはあっという間に全身に広がり、手足を冷たくさせていく。

男の人なんてそんなものよ――と、姉の声がふと耳によみがえる。

姉はふたりとも頭がよく、所作も優雅、そして輝くように美しい。そんな彼女らに求婚者は引きも切らず、とくに熱心に通っていた男性とはやくに結婚した。

(なのにお義兄《にい》様たちは、どちらも数年後に浮気)

最初こそ泣きながら家に戻ってきていた姉たちだが、何度か続けば諦念が勝ったか、エルザには甥《おい》と姪《めい》にあたる子供たちを過剰なほど愛し、夫を顧みなくなった。

(あんなに綺麗で優しくて、最高のお姉様たちでもそんな裏切りをされるなら……わ、わたしなんて……)

初夜の翌朝に放置され、その足で愛人のもとに走られてもおかしくない。

(愛人)

そもそも王であるヴァレオンにとって、花嫁がエルザただひとりとは限らない。

たしかに、いまはそうかもしれない。だが星が示すならば、今後、王は新たな花嫁を迎える。

何人でも。

何十人でも。

「……っ」

自らの背を突き飛ばして悲しみの沼に浸ったエルザは、胸元で腕を交差させてフルフルとふるえた。

「ひどい……」

「──なにがひどいのだ？」

キィッとかすかな音をたてて開いた扉から、低い声がした。

エルザが顔を上げるよりはやく、カツと音を響かせて床板を蹴り、ヴァレオンが足早に近づいてくる。

「どうした」

そう問いながら頭の中で結論づけたのだろう、エルザの返事を待たず、ひとつ頷いて重々しく続ける。

「身体がつらいのだな、無理をさせた。まだ休んでいるといい」

「……」

違う、とも言い切れず、エルザは口をパクパクさせた。

(ヴァレオン様……戻ってきてくださるなんて)

じわ、と心に熱いものが滲む。

「エルザ?」

「わたし……わ、わ!?」

全裸だった。

エルザは慌てて上掛けを引き寄せ、胸元で抱える。

そんなことをしても、豊かな乳房や白くすんなりとした足など隠れはしない。それでも身を縮め、なんとかしようともぞもぞする。

すでに身づくろいを済ませ、禁欲的なほどにきっちりと髪を縛り、立ち襟の白いシャツに細身の黒い脚衣といったヴァレオンの前にいるのが——その目に映るのが恥ずかしい。

「空腹だろう、なにか用意させる。食べなさい」

しかしヴァレオンはまったく表情を崩さず、身を屈めてエルザの頭の天辺に唇を落とし、命令に近い口調で言う。

「飲み物も、喉にいいものを頼んでおく。それからまた休むといいだろう。ティタリー夫人にはわたしから伝える」

「は、はい……」

また寝ろと言われると、罪悪感を覚える。

しかもヴァレオンからは甘酸っぱいような花の香りまでして、爽やかな朝を体現しているのだから。

(入浴されたのかしら……花びらを浮かべたお湯とかで?)

赤い薔薇の花びらが揺れる湯に沈む王の姿を想像しながらチラと見上げると、ヴァレオンはさりげなく後ろにしていた左手を差し出した。

「その前にこれを。わたしの花嫁に」

「まあ……!」

エルザはとたん、パッと笑顔になった。

ヴァレオンの手に握られていたのは、リザリアだった。一本だが、銀色の茎は半ばでわかれ、それぞれの先端に白い花が三つ咲いている。

「おまえのために摘んできた」

ヴァレオンは押しつけるように、エルザに持たせた。

「ありがとうございます」

リザリアの茎を手にすると、白い綿毛に包まれた意外な弾力と、柔らかな布に触れているような奇妙な感触に驚いてしまう。

そして白い花——五弁のその縁だけがほんのりと赤い不思議に心を奪われる。

「とても綺麗です。とても、とても嬉しいです……」

昔、描かれた姿を目にしたときからなぜか惹《ひ》かれ、憧れ続けた花だ。エルザはそれが手のうちにある幸せに、うっとりとした。

すると……。

「……わあ……！」

白い花は、中心からそっと滲むように光りだした。

ひとつ、ふたつ、そして最後の花も。

三つ揃《そろ》っても強い光ではない。薄青く暗い寝室全体を照らすほどではない。

だがヴァレオンは眩《まぶ》しげに目を細め、世界に聞かれることを恐れるようにそっとささやいた。

「おまえだけが光らせることができる。エルザ、わたしの花嫁」

「花嫁……」

エルザはヴァレオンを見つめた。

(リザリアを光らせる花嫁)

ヴァレオンの花嫁は、リザリアを光らせることができる。

(つまり……)

光らせることができなければ、花嫁にはなれないということだ。

エルザはリザリアをキュッときつく握り締めた。その拍子に花が揺れ、こぼれるような淡い光の軌跡が目に焼きつく。

白い花。白い光。

花嫁の光。

ヴァレオンのそばにいることを許される光――。

(リザリアを光らせることができる限り、花嫁でいられる)

「ありがとうございます、ヴァレオン様。わたし、頑張ります」

エルザは目を伏せ、リザリアが放つ仄かな光を見つめて微笑んだ。

2

昼過ぎまで休んだ後、ティタリー子爵夫人イレナに起こされた。

「お身体の痛みは治まりましたか」

「は、はい」

「そうですか」

なにもかもすべてを心得ているという笑みをたたえたイレナは、寝台で上体を起こしそわそわするエルザに頷いた。

「よろしゅうございました。午後には陛下がお話をしたいと仰せでしたから」

「はい……」

エルザは寝間着の襟元を飾る小さなリボンを指でいじりながら俯いた。赤みのある金色の髪は、自由奔放な蔓のように乱れている。

(……恥ずかしい)

ティタリー夫人は朝方、ヴァレオンと入れ替わるようにして寝室まで来てくれた。野菜たっぷりの温かなスープと白パン、挽《ひ》き肉を卵で包んだ料理を持って。

そして用意したものをすべて食べさせると、生まれたての子鹿のようになっていたエルザに手を貸して歩かせ、浴室で薬草を入れた湯に浸《つ》からせてくれた。

人に世話をしてもらうことには慣れていないが、王宮でのひと月で耐性はできていたし、正直、手助けがありがたかった。

そして寝台に戻った瞬間、ふたたび夢も見ない眠りの淵《ふち》に沈んだのである。

「エルザ様、髪を整えましょう。着替えもいたしましょうね」

朝は羞恥に悶えるエルザに淡々と接していたイレナだが、いまは、まるで世話ができることが嬉しいのだと伝えるように弾んだ声で言う。

「ありがとうございます」

窺うように目をやると、夫人は頬に手をあてうふふと笑った。

「ああ、楽しみ。わたくし息子ばかりで、小さいころからもう……飾り甲斐《がい》がなくて。全員、夫に似て熊みたいなのですよ」

「く、熊？」

「ええ、熊です。身体ばっかり大きくて、乱暴者で。陛下もですよ、端整でいらっしゃいますけど、中身は息子たちと変わりませんしね」

「陛下も……？」

小柄で穏やかな容貌のイレナと熊みたいな息子たちが結びつかず、そこにヴァレオンも出てきたことでさらに混乱する。

(熊……？　熊なの？　陛下……ヴァレオン様も？)

「さ、エルザ様。寝台を下りてください」

イレナは求めていたものが手に入った少女のようににっこりとして、話を変えた。

「今日のドレスはどれにしましょうか」

ヴァレオンは執務室で待っていた。

「顔色がよくなっている、よかった」

積み重なった書類越しに視線を寄越し、ゆっくりと立ち上がって机から離れる。

ヴァレオンは長身で厚みのある威圧的な体躯《たいく》をしているが、仕草は優雅でゆったりと見える。彼がまとう精緻な刺繍に縁取られた黒い上着の、膝まであるその裾が揺れる様でさえ美しい。

そんなヴァレオンほどではなくとも、せめて自然に見えますようにと祈りながら、エルザは指先まで気を配ってお辞儀をした。

半円の壁に並ぶ窓から初夏のきらめく日射しが降り注ぎ、執務室は明るい。暗がりで曖昧にされていたこれまでとは違い、どんなふうに見られるのか不安だった。

(だいじょうぶよね……)

編み込みにした太いひと束をヘアバンド代わりに巻きつけ、残りを垂らした髪。すっきりと出した両耳にはサファイアを並べた金の装飾、同じ細工の首飾りもつけている。

白を基調にしたドレスには、胸元とスカート部分に青い飾り紐とレースを何段にも縫いつけたもの。ふわりと膨らんだ短い袖裾は青い布で絞られ、肘近くまで垂らしたレースが肌に淡い影を落とす。

頬と唇に薔薇色を置いただけの薄いものだが、化粧もしていた。

ヴァレオンの目に、少しでもよく映ってほしい。

いまさら、とも思う。互いの性をつなぎ、熱に溶け、溺れた夜を共有したというのに……。

(でも、だからこそ)

せめて装いを盾にしなければ、羞恥で倒れそうなのだ。

エルザは姿勢を戻しながら、ヴァレオンを見て微笑んだ。

「お待たせいたしました、ヴァレオン様」

「ああ、待っていた」

ヴァレオンはすかさずエルザの手を持ち上げ、指先に唇を押しあてた。

「はやく顔が見たかった。エルザ、白いドレスがよく似合う」

「ティタリー夫人が選んでくださって……」

「そうか。とても綺麗だ、わたしの花嫁」

「あ、ありがとうございます」

心臓が跳ねて不規則に躍りだし、顔が熱くなってくる。

(優しいお言葉。それに……)

頑張っている自分と違って、隠すもののない明るい中でも、ヴァレオンにはどんな瑕疵《かし》も見あたらない。

(熊なんてとんでもないわ。こんなに素敵な人が、わたしの王……わたしの……)

「エルザ?」

ぼうっとしていると、ヴァレオンの顔が近づいてきた。

「体調がまだ悪いか、顔が赤い」

「えっ」

「熱は」

「……っ」

「ないな。具合は?」

「問題ありません……っ」

「よろしい、では話をしよう」

額に触れた手を離したヴァレオンは、背筋を伸ばして窓へと目をやった。すると、折よく濃密な緑の匂いを含んだ風が吹き込んで、黒髪を揺らしていく。

「おまえも知っていると思うが、わたしの口からあらためて伝えたい。ルクス宮のことだ」

「……」

「ここは王宮より古い。というより、ルクス宮があるから近くに王宮が建てられた。王宮は銀の冠などと呼ばれているようだが、わたしから言わせると銀の盾だな。ルクス宮の守りも兼ねている」

「……」

「だがルクス宮もただの器だ。ここに占星盤が……エルザ？　聞いているか」

「は、はいっ、いえ、あの」

見惚《みと》れていたエルザは慌てて目を逸らした。

（いやだ、わたしったら）

きちんと聞いていなければならないというのに。

秀でたところのない花嫁なのだから、せめてしっかりした受け答えをして煩わせないようにしなくては、ヴァレオンに呆《あき》れられてしまう。

「もう一度、お願いいたします……！」

「もちろん、何度でも」

ヴァレオンは笑いだし、握り込まれたエルザの手を取った。そしてそっと指を開かせ、自分の腕につかまらせる。

「だがここで話すより、見たほうがはやい。一緒に行こう」

「はい」

エルザはぎこちなく足を踏みだした。ヴァレオンと並んで歩くという、それだけのことにも緊張してしまう。手を置く腕の太さと硬さなどはじめて知ったし、どこまで力を入れていいかわからない。

しかし王宮の中心で大勢に囲まれていたヴァレオンは慣れたものなのだろう、ぎくしゃくしたのもほんの数歩で、力を抜いて任せればいいのだと理解できた。

ふたりは執務室を出た。

「白の扉は目にしたか」

「はい、ここに案内していただいたときに」

ルクス宮はもともと人が少ないが、執務室を境に、エルザに与えられた部屋へと続くのが左、その逆、右に入ればもうだれの姿もない。

シンと静まった通路に、ふたりの声と足音、かすかな衣擦れの音が響く。

「この扉を起点にルクス宮は建てられた」

ヴァレオンは突きあたりを指差した。

そこをふさいでいたのは、天井まで届く巨大な扉だった。

幅もまた広く、両開きの中心線がなければただの壁、しかも全面が装飾された大きな美術品と見まがうような逸品だ。

冷たい輝きを内側すら放つような石材の扉。全体を縁取るようにして様々な形のラピスラズリが嵌められ、左右の扉の表面それぞれに、放射状の線として図案化された星の王冠を戴く無数の男女が刻まれている。

(圧倒される……)

エルザはヴァレオンの腕をつかむ手に無意識に力をこめ、白の扉に見入った。

これもまた占星盤と同じく星から贈られたものだ。そのため、この貴重な扉は厳重に守られ、隠されていると思っていた。

けれど、その逆だった。ルクス宮自体、人の出入りを制限しているのもあるだろうが、衛兵や見張りもなく、ただ置かれているようにしか見えない。

「この先は王族のみが入れる」

「はい」

ヴァレオンは特段の感情を交えず言ったが、エルザは神妙に頷いた。

「緊張しなくていい」

エルザに腕をつかませたまま、ヴァレオンは反対の手の指先で扉の表面をそっと撫でた。

彼が触れたのは、扉の端、大きく彫られた長い髪を垂らした女性の像だった。

星の形の冠を戴くその人が動いた気がした。顔がこちらに向けられ、笑んだような……。

（……まさかね？）

エルザが目を疑ったとき、押してもいないのに滑らかに扉が動いた。

中心線が太くなり、白い光がこぼれてふたりを照らす。

「おいで、エルザ」

扉が開かれる速度に合わせ、ヴァレオンはゆっくりと足を踏みだした。

「王族以外で入ることを許されるのは、王の花嫁のみ。いまの時代はおまえだけだ」

「は、はい」

王族の血――始祖の血を持たない者の前で扉は開かれない。

扉を目にすることはできる。だが、その先は許されないのだ。

（わたしは……なんて幸運なの……）

エルザの前に現れたのは、水音が響く白い部屋だった。

壁も床も、中央に四本立つ飾り柱も白い。

その柱の中心、四角く区切られた中は、水が張られた内池になっていた。

柱自体を水管代わりにしているのだろう、柱頭からこぽこぽと音をたてあふれる水は、柱表面に切られた溝を伝い落ちて内池の水面を揺らしている。

窓もない部屋だったが、明かりはどこから――目を上げれば、高い天井に答えがあった。

半円になったその中心に、濃青色のガラスが嵌め込まれている。日射しはガラスを通して色づき、壁をまだらに青く染めていた。

余計な装飾も調度類もない。

どの様式にもあてはまらない造りの、簡素な部屋だ。

(不思議で……静謐《せいひつ》で、神々しい……)

旧時代の神殿を思わせるその部屋で、エルザは敬虔《けいけん》さに胸を打たれた。

水が伝い落ちる柱の間に立てば、その思いはいっそう増した。

内池はそう大きなものではなかったが、水面が揺れているせいもあって底は見えない。

意外に深いのだろうかと覗き込んだとき、ヴァレオンがエルザの腕をつかんだ。

「占星盤を見せよう」

「占星盤を？　……よ、よろしいのですか？」

「あたりまえだ、そのために連れてきた」

ヴァレオンは笑った。

その声は朗らかに響いて、白い部屋をさらに輝かせるようだった。

「エルザ、おいで。ここに立つと、柱から落ちる水が止まるようになっている」

その言葉が終わらないうち水音が消えた。

シンと静まる中、内池の水の揺れも収まっていく。

青を凝縮したような水——その底から、こまかな泡がふつふつと湧くのにも似て、光の粒が浮き上がり広がっていく。

「水の上に……？」

エルザは小さく声をあげ、目を見張った。

金色に光りだした水面に、ものすごいはやさで筆が走っているように、模様がひとりでに浮かんでいく。

細切れの線――それらがつながり大きな円に。そして内側にいくつも続く同心円。円と円の間を埋める幾何学模様、見知らぬ文字、動物や植物に似た図象。

そのすべてが色づいていく。赤、青、白、黒……複雑に重なる色、色。

水面に写しだされた、これが。

「……占星盤……！」

エルザはヴァレオンを見上げた。

骨の目立つ端整な横顔に金色の光を躍らせ、足元の占星盤を見下ろしながらヴァレオンは頷いた。

「ルクス・リザリア国の心髄、天の星から贈られた占星盤だ。占星盤自体はこの底に敷いてある。水面に現れるのはその写しだ。占うときは水に入り、占星盤の中心に立つ。世界を俯《ふ》瞰《かん》する瞬間だな」

「そうなのですね……」

想像の範疇《はんちゅう》を超えすぎていてよくわからなかったが、エルザは頷いた。

「不思議です。でも、ほんとうに綺麗……」

「そうだな」

ヴァレオンは笑いを含んだ声で答えると、エルザの腰を抱いて引き寄せた。

「王の花嫁は占星盤に新たな輝きを与える。それまで占星盤が蓄えた不要なものを排除し、生まれ変わらせるそうだ」

「え」

「おまえが輝かせてくれ、エルザ」

「……っ」

ヴァレオンは腕に力をこめ、エルザと密着した。

力強い腕の中、互いの衣服越しにも硬く熱く身体を感じて、ギュッと胸が痛くなる。

(声をかけてからお願いします……っ)

そんな心の悲鳴は届かず、ヴァレオンはさらに強く抱き締める。

「ヴァレオン様?」

「占星盤が輝くと、この部屋全体が黄金色になるそうだ。だから黄金の占星盤——とも言うのだが、目にできるのは王と、占星盤を輝かせた花嫁だけだ。わたしも、おまえと一緒にはやく見てみたい」

「え、は、はい」

「まだ無理だろう。今朝《けさ》の占いの中でも、その兆候はなかった。だが、いずれ必ず輝かせてくれ。おまえは王妃になるのだから」

「……お、王妃に？　わたしが……？」

「そうだ。王の花嫁は王の権威に依存するが、王妃になればべつだ。独立した地位を持つ。さらに王妃としておまえが産むわたしたちの子は、占星盤を回す力も得るだろう」

「……っ」

（わたしたちの子）

自然に告げられた言葉は、慈雨のように心に染み入った。

ヴァレオンは、エルザとともに歩む未来を思い描いているのだ。

星が選んだ花嫁であるのだから、当然なのかもしれない。けれど――。

（嬉しい）

だれかに強く求められたことなどなかった。必要とされたことも。

父は母を亡くしてから心の一部も失ったようにどこか遠く、姉たちも優しく親身ではあったが常にではなかった。だが仕方なかったとわかっている。思春期、そして女性として花開く年ごろにさしかかっていた彼女らは、小さな妹のことだけを考えてはいられなかったのだから。

父を煩わせたくなかったし、姉たちに心配をかけたくなかった。

だから社交界にも出ようと頑張った。

なのに逆に心に傷を負い、外に出るのを恐れるようになってしまい……。

それでも、それを上手に隠した。ひとりでいることが好き、ずっとこうしていたいと笑って口にしていた。ひとりでいることを好んでいると思ってもらうようにしてきた。

それでもずっと――ずっと、ずっと寂しかった。

寂しかったのだと、いまはわかる。

(わたし、ヴァレオン様といたい)

涙をこらえ、ヴァレオンと目を合わせる。そのまま大きな身体に両手を回し、しっかりと抱き返した。

「わたし、頑張ります」

「そうか」

ヴァレオンは重々しく答えると、エルザの金色の頭の天辺に口づけた。

「ではわたしも頑張ろう」

「ヴァレオン様もですか?」

「もちろんだ」

ヴァレオンは深く頷いた。

「ルクス宮でふたりきりとなれば、互いの距離は縮まろう。だが、それ以上をわたしは求める」

「は、はい！」

「今朝、占星盤は答えを示してくれた」

「今朝ですか」

「そうだ。おまえにリザリアを持っていく前に」

ヴァレオンの顔が下げられ、意外に柔らかな唇がエルザの耳朵《じだ》に触れた。

「それによると、昨夜のわたしは急ぎすぎたらしい。余熱で溶かすようにじっくりと肌を合わせ、互いの隅々まで触れ合うことが肝要のようだ」

「は、肌……触れ……熱……」

「占星盤は何本もの道を示す。その中から最善の一本を見極めるのが、読み解く王の力なのだ。わたしが選んだ道をともに歩んでくれるか、エルザ」

「……は、はい……？」

「よろしい」

ヴァレオンは満足そうに目を細めた。

3

そのイレナが選んで着せてくれたドレスは、寝室に入ったとたん、剝《む》くようにして脱がされた。

女官長のイレナの姿はすでになかったが、部屋は綺麗に調えられていた。

白の扉から出ると、ヴァレオンはすぐにまた、エルザの寝室に戻った。

けれど、かすれた甘い声が寝台に響いただけだった。

内にこもった熱を、少しでも吐きだすように息をつく。

「は……ぁ、あ……っ」

下着も同じようにされて寝台に押し倒され、甘い時間がはじまった。

耳飾りはいつか取られていた。首に巻いた装飾品、サファイアを並べた金細工の飾りだけが、ちゃり、ちゃり、とかすかに音を立て、肌を滑る。

「エルザ、もっと声を聞かせろ」

横向きになった身体を背後から抱くヴァレオンが、エルザの耳に低くささやいた。

昼過ぎの明るい日射しは、天蓋から垂らした布を通し、寝台を薄青く包んでいる。エルザの白い肌には淫靡な陰影がつけられ、その翳《かげ》りは、ヴァレオンの大きな手で乳房を揺らされるたび形を変えた。

「昨夜、ここをこうすると……」

「あっ」

「そうだ、その声だ。可愛いな」

乳房の先端、ごく小さな薔薇のつぼみのように硬く、濃く色づいたそこを、ヴァレオンにつままれる。

「や……っ」

エルザは身をよじった。

昨夜から同じように愛撫されて熱を持ち、強く触れられると痛みが走る。

「痛むのか？」

ヴァレオンは手を止め、指の腹で優しく先端を撫でた。

「んっ」

「すまない、指では痛かったな」

上体を起こしたヴァレオンは、エルザを仰向《あおむ》けにして伸《の》しかかった。首の後ろで束ねただけの彼の黒髪が、逞《たくま》しい肩を滑ってエルザの肌に触れる。

「こうしよう」

「……あ、んっ！」

胸に顔を埋めたヴァレオンの唇が、先端をぱくりと咥える。

そのまま舌でゆっくりと舐められ、エルザはまた声をあげて仰け反った。ちゃり、と首飾りが音をたてて跳ねる。

ヴァレオンは舌の上でゆっくりと、何度も舐めた。

ピリと染みるような痛みさえも、刺激になる。ざらついて硬い指と違って、湿って温かなそこは、優しくまといついてエルザを快楽に沈めていった。

「あぁぁ……っ」

ふるえながら腕を上げ、厚みのある男の肩から背へと手を滑らせる。

ぎゅっと抱きつきたい衝動に駆られたが、かすかに残る理性が、相手がルクス・リザリアの王だと告げて戸惑わせる。

エルザは指を丸め、硬く盛り上がった筋肉に怯《おび》えるように、そっと置いた。

それが気になったのか、ヴァレオンは顔を上げた。

「おまえもわたしに触れてくれ」

「え……？」

「ふたりだけだ、エルザ。好きにしていい」

ヴァレオンは微笑みながら口づけし、エルザの下唇を軽く噛んだ。

「わたしも好きにする」

身動いだヴァレオンは、エルザの足の間に自分の片足を重ね、膝を使って躊躇なく開かせた。そして下げた片手で、柔らかな女性の部分を包んだ。

「あっ、あ……ぁん、んっ」

織細なひだの間にあてられた指は、しっとりと濡れていたそこを、滑らかに行き来した。すぐにくちゅと濡れた音がたち、ヴァレオンの手の動きがはやめられる。

「……あぁあっ」

エルザは男の肩に回した手に力をこめ、硬いそこを爪で引っ掻《か》いた。痛くないのか、ヴァレオンはむしろ心地よさそうに小さく笑った。

「そうだ、エルザ」

「あ、ぅっ」

エルザは仰け反ってふるえた。

このまま足を閉じて、身をよじりたい。

ヴァレオンの手を――指を咥えたまま。

もっともっと奥にまで触れてほしい。

もっと。

「ヴァ、レオン、さま……っ」

「わかっている」

かすれた声で答えると、ヴァレオンは手を離した。

「や……」

「だが、ここも痛いだろう？」

ヴァレオンはすばやく身体を下げると、エルザの両足をそれぞれの手で持ち、グイと押し広げた。

布を通し薄青いとはいえ、寝台の上は肌の色もわかるほど明るい。

(それなのに)

秘部が男の目に晒されている。

「い、いや」

エルザは頭の中まで赤く染め、手で必死に隠そうとした。

しかしヴァレオンはそんな動きに頓着せず、身体を倒していく。

「ここも——こうしないとな」

「や……！　あ、あんっ……！」

ヴァレオンはそこに唇を押しあて、深く口づけるように舌を使った。

柔らかなひだを舐め、敏感な小さな突起を吸う。とろりと蜜をこぼす入り口を、すぼめた舌先で刺激する。

「あ、ん……っ」

くちゅくちゅと聞こえる音に、エルザの胸が切なく痛む。

(恥ずかしい)

けれど、その羞恥でさえも熱を高めるひとつになった。

自分の内部が蕩け、もっと、もっと——と淫らなものがあふれだす。

「……あっ、ん、あぁ……んー……っ」

硬い指とはまったく違う感触に、ああ、と声をあげ、エルザはふるえた。

快感が増し、引き絞られていく。

「あ、あぁっ、ヴァレオン様……っ」

「わたしの花嫁」

高みを超えて弛緩《しかん》し、ヒクつくそこから唇を離したヴァレオンは、両手をついてエルザを見下ろした。

「エルザ、何度もつながろう」

「……んっ、あ、え……?」

はぁはぁと荒い息を繰り返すエルザは、潤む目をしばたたいた。押された涙がこめかみを伝っていく。

ヴァレオンはそれをすくうように唇を押しあて、舐めた。

「何度でも、星が導くまま。占星盤が示す通りに」

(星が示す……通り？)

言われた意味が頭の中で明確になるよりはやく、ヴァレオンは腰を沈めた。

「……っ」

大きなものが挿入される感覚に、痛みと違和感が走る。

無意識に逃げるように腰を上げると、その動きが逆に助けとなり、ヴァレオンの高まった欲望に深く貫かれた。

「エルザ……ッ」

はぁ、と息を吐きだして、ヴァレオンはエルザを抱き締めた。そのまま押し潰すようにして、激しく動きだす。

「い……あっ、あ……っ」

エルザは夢中ですがりついた。

カァッと全身が熱くなって、息が苦しくなる。

目を閉じても、薄青い光が瞼の裏で揺れる。めまいがする。

(墜ちていく)

「あぁ……っ」

「まだ、だっ」

ヴァレオンは呻いて、動きを止めた。深くつなげていたものを引き抜いて身体を離すと、エルザを横向きにする。

そしてその背に添って自分も横になり、片手でエルザの腿をつかんで開かせ、背後から滾《たぎ》った男性で濡れた部分をこすった。

「んっ、あっ、ぁあっ」

二度、三度滑り、太い先端が、濡れそぼってヒクつく窪《くぼ》みに押し入ってくる。

エルザを抱える男の、荒い息遣いが髪を揺らした。

逞しい胸元に頭を滑らせるようにして背を反らし、エルザは深く、深く、ヴァレオンを受け入れた。

そのまま、律動がはじまった。

くちゅくちゅと、濡れた音が続く。濡れて、あふれたものが足を伝っていく。

「あっ、あん、あっあっ」

突き上げられるたびに漏れる声に合わせるように、金細工の首飾りがちゃりちゃりと音を立てる。それらは淫靡な甘さを滴らせ、寝台に響いて溶けていった。

腿を支えていたヴァレオンの手が、前に移された。

もっとも親密に、深く、淫らにつながる部分を、節張った長い指が触れていく。

「あぁー……っ」

太いものを咥えて広がった入り口の上、膨れた突起をこすられ、エルザは悲鳴に似た声を

上げた。

怖いほどの快感だった。

ヴァレオンは動きをゆっくりとしたものに変え、エルザ、と優しく呼んだ。

「痛くないか？」

「ん、はっ、はい、あっ」

「そうか」

では、と呟いて、ヴァレオンは、硬いままの自身をまた引き抜いた。

「……っ？」

刺激にふるえるエルザに背後から伸しかかるようにして、ヴァレオンは口づけした。

舌先で唇を舐められると、もっと先を求めて、エルザは唇を開いた。

しかしヴァレオンの唇は離れ、代わりにグイと背を押され、うつ伏せにされる。

「ヴァレオン様……？」

背中にかかっていた髪を払い、両手で背を撫で下ろされる。

「綺麗だ、エルザ。真っ白な背中、腰、それに……」

女性らしい丸みもゆっくりと撫でると、ヴァレオンはそのままエルザの腰をつかんで持ち上げた。

膝で足を広げさせられる。四つん這いで、腰を高く掲げて――。

（こんな……っ）

そのまま熱い欲望に貫かれた。

「え……ぁ、あっ、あん、ああっ！」

背後から——男女のつながりにそんな体勢があるとは知らず、エルザは衝撃で大きな声をあげてしまった。

けれどそれは、強い快感のせいでもあった。

背後から力強く突かれ、さらに声をあげてふるえてしまう。

そんな姿や声に煽られるのか、ヴァレオンは激しくエルザを奪う。

やがて所有欲を満たして動きを止めたヴァレオンは、エルザを腕に閉じ込めるように抱いたまま横になった。

満足げに吐きだされる息を感じながら、エルザはもまた甘い蜜の余韻に浸って目を閉じた。

「あの……」

情熱のひとときが過ぎ、ヴァレオンの腕に抱かれたまま横になっていたエルザは、気怠《けだる》い空気を壊すのを恐れるようにそっと言った。

「……ヴァレオン様、星の示すままって……」

「ん」

少し眠そうにしていたヴァレオンは、エルザの上に重ねていた腕を外して目元を押さえ、ごろりと仰向けになった。

天蓋から垂れる布を通す光は弱まっていたが、暗いわけではない。自分のものとはまったく違う直線的で大きな男性の輪郭を見ていられず、エルザは目を伏せてしまった。

「星がどうした？」

「え、あの……、あの、最中に……色々と、か、身体の位置が……」

言いながら顔が熱くなってきて、口ごもってしまう。

(わたしったら、言いかた……！)

しかし恥じらうエルザを置き去りに、ヴァレオンはあっさり頷いた。

「ああ、体位か」

「たっ」

「説明が難しいな」

うむ、と唸ったヴァレオンは、ゆっくりと片手を上げた。そして宙に描くように、立てた指をくるくると回す。

「……占星盤はおまえが目にした通り、水に沈んでいる。底のあれが回り、水中と水面とに光を映すんだ。わたしはそれらを読み取る。読み取るというか……うん、感じ取るといった部分も大きいのかもしれない。色や形も様々だし、配置や動きで意味を探っていく」

「は、はい」

ルクス・リザリア国、最大の神秘を聞かされ、エルザはごくりと喉を鳴らした。

(いいのかしら)

しかも裸のままなのに。

しかしやはりヴァレオンは気にせず、それどころか睦言《むつごと》のように優しく続けた。

「わたしは先の冬、星の中にリザリアを光らせる女性を見た。花嫁だ。……エルザ、占星盤を浸す水は、王宮の北にある聖山から引いている。ひどく冷たい水だ。冬は、なおさら。だが気にならなかった」

ヴァレオンは仰向けのまま腕を伸ばしてエルザを引き寄せ、自分の身体に押し上げるようにして抱き締めた。

「わたしはルクス宮でリザリアを見るたび、あれが光るのを想像した。どんなふうに光らせるのだろうと」

「……ど、どうでした……?」

「ん?」

「リザリアの、光は……」

「美しかった。想像以上だった。光も、花嫁も」

すぐにはっきりと答えてくれるヴァレオンの優しさに、エルザの胸が切なく痛んだ。

(嬉しい)

自分が彼にとってたったひとつの大切なもの、待ち望んだ光のように思えてくる。

「ありがとうございます、ヴァレオン様」

「わたしこそ礼を言う、花嫁」

ヴァレオンは笑った。

「それで話は戻るが……おまえに出会ったあの夜会の日から、わたしは占星盤を輝かせる術《すべ》や時期なども占った。花嫁が占星盤を輝かせることは国の大事。つまりそれに関しての占いは個人的なことではない」

「はい」

「はっきりとした答えは示されなかった。だが……こう、星が作るうっすらとした影に気づくようになった。それで、この形で花嫁とつながればいいのだと」

「形……っ」

エルザは息を飲んだ。

形——つまり体位だ。

占星盤は国の安寧を導く宝。

遠い昔に星から贈られ、唯一、王だけが回せるその神秘、神聖さ——。

(なのに、そんなことまで？　占いで体位まで決めるのですか⁉)

これまでの痴態が頭を過ぎっていき、エルザは顔を赤くして俯いた。

「エルザ、星の導きで示された形はまだある」

ヴァレオンは腕に力をこめ、エルザを自分の胸に押し上げるようにして唇を重ねた。

絡めた舌をゆったりとこすられ、濡れた淫靡な音が互いの唇の間で続く。

胸がキュッと締めつけられ、足の間が潤っていくのがわかった。

「ん……」

エルザは身動ぎ、内腿を擦り合わせる。

ヴァレオンは唇を離し、薄く笑んだ。そして、低く甘い声でささやく。

「わたしの上に、エルザ」

「上……？」

エルザはぼんやり目を開けた。

ひどく間近から覗き込んでいる青灰色の双眸《そうぼう》は、夜のはじまりとともに現れる星のように強い光を秘めている。

ヴァレオンは腕に力をこめ、エルザの柔らかな身体を持ち上げた。

「これも星の導きだ。エルザ、いいか？　自分でやってごらん」

「で、ですが……」

エルザは恥じらったが、じっと見つめてくる強い目には逆らえなかった。

（それに……わたし、わたしも……）

エルザは上体を起こし、足を開いて男の身体をまたいだ。

そして小さな声で答えた。

「……頑張ります」

三章　花嫁のすべてが知りたい

1

エルザがルクス宮に入り、十日余りが過ぎた。

王の花嫁のための部屋にも慣れ、居心地よく感じるようになっている。

もともとメディベルの家でも自室にこもりがちだったので、ルクス宮に閉じこめられることの生活もさほど苦ではなかった。

(王宮で過ごしたひと月よりずっと落ち着くわ)

王宮で与えられていた部屋は恐ろしいほど豪華だった。高価な調度類はすべて華奢で、へたに寄りかかりでもしたら壊してしまうのではないかと怯えた日々だった。

(人も多かったし……)

寝ているときまで、夜中に用事がないかと待機する女官に囲まれていた。

王の花嫁としてそういう生活にも慣れなければいけないのだろう……と、わかっている。だがいまは、ヴァレオンとの親密な時間だけで頭も心もいっぱいだった。

(先のことは先のこと)

野花と小鳥の装飾に縁取られた鏡に映る自分が、大人びた顔で苦笑する。

逸品ではあるのだろうが、鏡台は華やかすぎないものだった。それに、台に並べた櫛《くし》やリボン、ピンなどはエルザが子供のときから使っている小物で、馴染んだそれらは心を落ち着かせてくれる。

(ルクス宮での生活はまだあるもの)

エルザは不安を押しだすように息をつき、垂らした髪を肩から払って立ち上がった。

太い青の縞柄のドレス、その腰に巻いたレースの飾り帯を直してから、まだ朝の光を含む日射しをこぼす窓辺に足を向ける。

窓の下には壁に添って置かれる半円の小さなテーブルがあり、そこに口の広いガラスの花瓶が飾られていた。

挿されているのは十数本のリザリアで、わかれた茎の先にひとつずつ咲く花は二十近く。どれも白だが、五枚の花弁の縁だけがそれぞれ異なる色をしている。

「赤、紫……これは黄色。可愛い」

エルザは上体を屈めて、花に顔を近づけ香りを吸い込んだ。

縁が黄色い花は、今朝、贈られたものだった。

リザリアは花が咲く時期が長く、ルクス宮の中では切り花にしても持ちがいい。つまり花瓶に挿された本数が、そのままエルザがここで過ごした日数でもあった。

リザリアの上に、ヴァレオンの微笑みが重なる。

(嬉しい)

唇をほころばせ、エルザは撫でるようにして指先で花のひとつに触れた。

とたん——日射しの下でもはっきりわかるほどにリザリアが光りだした。触れた花が、そしてすぐにふたつ、三つと続いて、全体的にふわりと明るく。

(花嫁はリザリアを光らせる)

エルザは安堵し、花から手を離した。

すると、スウッと光が失《う》せていく。

(ほんとうに不思議……)

ルクス宮の中庭には、占星盤を浸した水が使われている。そのため、占星盤の神聖な力がリザリアに宿ったとも言われていた。

(ルクス宮でのみ咲く花)

ほかで咲くことはできない花。

それは王家の象徴花として崇められる神秘性とともに、どこか悲哀を感じさせる。

リザリアに惹かれるのは、そのわずかな悲しみのせいなのかもしれない。

だが、今日もリザリアは美しく咲いている。エルザの憐憫《れんびん》など勝手な思い込みなのだと、そう告げるように。

(わたしも頑張ろう)

エルザは背を伸ばし、窓の外に目をやった。

ルクス宮は全体が丈高い木々に囲まれているが、樹冠まで慎重に手入れされているので、日射しが遮られることはない。

むしろ、木漏れ日まで計算されているようだった。

眩しさに目を眇《すが》めたとき、見計らったように扉が叩かれた。

「エルザ様、失礼いたします」

はい、と答えてすぐ開けられた扉の向こうに、くすんだ緑色の地に紫色の小花を散らした柄のドレスを着たティタリー子爵夫人イレナが、身体の前で手を組んで立っていた。

エルザは慌てて扉まで歩いて、教わった通り、首を傾《かし》げるようにして会釈する。

「おはようございます、イレナ様」

褐色の目をすばやく上から下まで走らせ、イレナは満足そうに頷いた。

「おはようございます。エルザ様は髪を整えられるのがお上手ですね」

「ありがとうございます、でも、いつもやっていたことですので……」

両脇を編み込んで後頭部でねじり、そのまま背に垂らした。その濃淡のある赤みを帯びた華やかな金髪に挿した、ガラス製の青い花飾りがついたピンが光る。

特段、凝った髪型ではない。

エルザは伯爵家の令嬢ではあったが、メディベル家は下働きの使用人、従者と侍女も数人しかいないような、ごく小さく質素な——貧乏貴族だった。

領民からの地代のほか、王都に通じる街道にかけた通行料が収入のほとんどで、全体として悲しいほどに少ない。

母の遺産も、姉ふたりの持参金としてほぼ消えた。

エルザ自身には結婚願望はなかったものの、先々のためにも倹《つま》しく生活していた。

「繕いものも、得意ではありませんができます」

まあ、と感嘆し、イレナは微笑んだ。

「ほんとうに助かりますわ。ルクス宮では人手を気軽に補充はできませんしね」

王宮を「銀の盾」と呼んだヴァレオンの言葉通り、ルクス宮に入る者も王宮に厳しく管理されていた。

つまり、ルクス宮に出入りする人間は限られている。

現在、ヴァレオンとエルザの生活に支障がないよう、生活を維持するある程度の人手はあったが、それも王宮で長く務めたような、信頼できる数人でしかない。

ティタリー子爵夫人イレナはそのひとりで、女官長という役職でありながら侍女と同じような仕事もこなしていた。

エルザは恐縮してしまうのだが、イレナ自身は好きな仕事なのだろう、いつも楽しそうにそばにいて世話を焼いてくれる。

(お母様がいらしたら、こういう感じだったのかしら……)

姉ふたりはどちらも優しく親身だった。けれど母の代わりではなかったし、はやいうちに嫁いでしまった。

ずっとひとりぼっちだったエルザは、イレナに母の面影を重ねてしまう。

しかしイレナとしては、母というより友人という心持ちなのかもしれない。ふふ、と声をこぼして少女のように笑う。

「わたくし、エルザ様のご自分でやろうとするお気持ちも、控えめなところも好きですわ。好んでそうした環境にあったのではないでしょうけど、その中でも屈折せずに、とても素直でいらして」

「あ、ありがとうございます」

同じように声をひそめて答えると、イレナはまた笑った。

「実はわたくし、侍女任せで命じるばかりの令嬢は苦手ですの。貴族としてそう育てられたのだとしても、ねえ？　そんな人が陛下の花嫁になられたら、わたくし、白の扉の前で占星盤に悪態をつくところでしたわ」

「え」

おっとりとした物言いに不穏なものが混じった気がしたが、イレナは微笑みを絶やさず、さらりと話を変えた。

「本日は、王家の歴史を学んでいただくようになっております」

「は、はい」

「講師には僭越《せんえつ》ながらわたくしが。どなたかをここに呼ぶわけにはまいりませんし、エルザ様に外出していただくわけにもまいりませんので」

「はい」

「本来ならば、いつものように陛下ご自身がすべきことなのですが。申しわけありません」

「そんな、光栄です。……あの、陛下はまだ？」

「ええ、戻られませんのよ。まったく……この時期、陛下に仕事など。最高評議会の無能さの露呈です」

ティタリー夫人は、国の最高機関、王の諮問も務める最高評議会を遠慮なくこき下ろし、ため息をついた。

エルザもため息をつきたい気分だった。

王と、王の花嫁がルクス宮にこもるふた月――。

この間は蜜月とされ、王もまた、国務として書類などの押印に使う国璽《こくじ》を握らずともよいとされている。

いわば休暇だ。

しかしヴァレオンを完全に仕事から切り離すことはできないのか、エルザが来てからも執務室に入らない日はなく、ときには王宮にまで出向いていた。

この日もそうだった。朝、エルザに花を届けた後、王宮からの使いとともにルクス宮を出ていってしまった。

「陛下も陛下です」

イレナの舌鋒は止まらない。

「すぐにご自分で確認したがるのですから、仕事が増えても減ることはありません。最高評議会を信頼しているけれど、それでも、そうなさりたいのでしょうね。下の者は気が休まりませんわ、わたくしもね」

「イレナ様も？」

「そうですよ。まったく、幼いころから変わりませんわ、あの気質は。人に任せて、エルザ様ともっと一緒に過ごしていただきたいのですけど」

「は、はい……」

気を遣われて、顔が熱くなる。

一緒に——という言葉に含みはないのだろうが、脳裏に肌を晒したヴァレオンが浮かんでしまう。

（各領地の特産を教えていただいていたのに……なぜか寝台に移って……）

——昨日のことだ。

天蓋から垂れるレースを、生温《なまぬる》い風がゆったりと揺らす午後だった。

汗ばんだ肌を重ね、何度も貫かれて悦《よろこ》びにふるえた。

可愛い、とささやきながら落とされる唇に肌を吸われ、かすかな痛みとともに痕《あと》を残される。いくつも。首に、乳房に、腹に。そして女の匂いに満ちる内腿にも。

執拗なまでに触れ、愛撫してくる大きな手。長い指——下着のような柔い生地よりずっと硬く、ざらついているのに、触れられるたび身体の芯まで蕩けていく。

耳によみがえる自分の声。甘い声。甘える声。

乱れに乱れた昼間……。

（……知られているわよね）

ちらりと目をやると、イレナは慈愛あふれる微笑みをたたえたままだった。

余計に恥ずかしくなって、エルザは俯いてしまう。

体位まで指定してくるという占星盤のお告げに従っているのだろうが、ヴァレオンと身体を重ねるたび、エルザの新たな扉は強制的に開かれていく。

膝をつき這わされ、背後から挿入。

そのまま上体を起こされ、突き上げられ……。

体位ばかりではない。大きな手に導かれ、握らされたヴァレオンの男性――その硬さ、しっとりした感触まで思いだし、エルザは両手をギュッと握り合わせた。

(やだ、もう、わたしったら)

身体が熱くなってくる。

ヴァレオンは昼間のように「占星盤が……」と言いだし、夜はもちろん、昼でも構わずエルザを寝台に連れていく。そしてふたりきり、濃密で甘く、熱い水に溺れて息もできないような、そんな時間を過ごしていた。

そういう意味ではとても正しく蜜月を過ごしているのだが、イレナとしては物足りないのだろうか。

もっともっと頑張らなくてはならないのだろうか……。

(……わたし、身体が持つかしら。心臓が止まってしまいそう)

与え合い、ともに果てるまで続く快楽は、事後、エルザの体力気力をすべて奪っていく。

そんな火花のような激しさはあるが、占星盤に告げられたことを実践しているヴァレオンとの行為に溺れ、もっと欲しいと――そんなふうに思うときもある。

自分の中にある欲を認めつつも、エルザは少しだけ安堵した。ヴァレオン不在の今日は、ゆっくりしていていいのかもしれない。

(ヴァレオン様のいない日……)

「……あの、イレナ様？　陛下はいつごろ戻られますか」

それでも、気づくとそう訊ねていた。

「そうですねぇ」

イレナは窓の外、木々の向こうにある王宮に目を走らせた。

「午後には、とおっしゃってましたが」

「午後ですか」

「おそらく夕刻あたりでしょう、先日もそうでしたし」

「そう、ですね」

「夜までには戻られますわ。エルザ様、そんなお顔をなさらず」

「え」

「まずは学びの時間です。それから女同士、午後はお喋《しゃべ》りしながら過ごすのも素敵だと思われませんか？　木苺とクリームを詰めたパイつきで」

「まあ……！　嬉しいです！」

目を輝かせたエルザに、イレナは、ふふふ、と笑ってつけ加える。

「砕いたアーモンドとクルミ、それに粉砂糖をたっぷりと振りかけた焼き菓子も用意いたしましょうね」

「はい！」

エルザは喜び勇んで、イレナとともに図書室へと向かった。

2

銀の冠。銀の盾。

呼称は様々だったが、王宮が光り輝く巨大な建物であることは間違いない。

土台となる丘を両腕で抱えるように左右に伸びる両翼には、行政機関だけではなく、王族や大貴族たちに与えられている部屋もある。

それらは広間や回廊、庭園によって区切られ、色彩や調度類などで特徴づけられていた。

共通するのは行き来する人の多さと、それに伴う騒がしさだ。

一方で、ルクス宮に通じる王宮中央の最奥、国王とその家族が使用する一画は静かなものだった。

図案化されたリザリアが刻まれた扉のある部屋は、現王の直系のみが使用を許され、出入りできる従者なども厳選されている。

現在、ヴァレオンはようやく花嫁をひとり迎えたばかりなので、自身が使う部屋以外は無人だ。

そのひとつを執務室にしてしまったヴァレオンは、午後の日射しが降り注ぐ窓を背に、大きな黒塗りの机に向かっていた。

手にはインクで汚れた羽根ペンが握られ、滑らかに動いている。

カリカリと独特の音が続き、ほどなく止まった。

「終わりましたか」

すかさず横から声をかけられる。

しかしヴァレオンはそちらに目も向けず、羽根ペンを置いて唸った。

「見えていたぞ、リシエル。直せ」

「え？　なにをでしょう、陛下？」

「リシエル」

ヴァレオンは怒りを隠さず眉間にくっきりしわを刻んで、机の端に立つ男を睨《にら》んだ。

「おまえが指で弾いたものだ。外れる音がした。まさか聖山ではないだろうな、王宮に被害があれば許さんぞ」

「恐ろしいまでに広い視野ですな」

へへ、と笑いながら背を伸ばしたのは、白地に金を配した華やかな上着をまとう男だった。

ヴァレオンと同年代。骨の太いがっしりとした顔と身体つきで、黒褐色の髪は短い。笑んで細められた目は、蜂蜜を思わせる明るい色。

最高評議会の一員、クロン公爵リシエルである。彼はヴァレオンの鋭い視線に臆することなく、人差し指と親指でつまんだものを見せつけた。

薄青色に塗られた、小さな円錐形の――。

「聖山」

「……貴様」

「だいじょうぶですよ、陛下。もともと取れていたのですから！」

「いつ壊した」

「壊していません、勝手に外れ……いえ、取れていたのです」

「……」

ヴァレオンは黙って立ち上がると、一歩、横にずれた。机をはさんでリシエルと正面から対峙《たいじ》し、箱形の立体地図を指差す。

箱の中の小さな国は、山、川、湖、森などがそうとわかる程度の稚拙な作りだった。しかし点在する都市や町も、象徴的な塔などを乗せて小さく地名が書かれ、それらをつなぐ街道は黒い線としてくっきりと描かれている。

その線が交じり合う中心の盛り上がったところに置かれたのが、銀色に塗られた小さな王宮だった。背後には、実際に聳えるものと同じように、円錐形の真白き聖山が棘《とげ》のごとく突き立っていた――跡がある。

リシエルはそこに模型の聖山を置いた。

「後で貼りつけておきます」

「いい、わたしがやる。貴様は触るな、もう、二度と、触るな」

「……」

「いいか、これはわたしが作っておばあ様に差し上げたものだ。たいそう喜ばれ、ご自分で地名や街道などを書き込んで大切にしてくださった。そしていまは、おばあ様の形見としてここにある。わかったな？」

ヴァレオンは低い声で忠告し、また椅子に座り直して羽根ペンを取った。

「触るなよ」

「気をつけます、陛下。ところで……」

リシエルは叱られたことなどなかったように飄々として、ヴァレオンの前に移動してきた。身を屈めて覗き込み、ニヤリとする。

「終わったのでは？」

「前に立つな、鬱陶しい」

「同じような体格をしているのに、なにをおっしゃる」

「まだ終わっていない。もう少し待て、隅で」

ヴァレオンは舌打ちし、壁際に並べられたひとり掛けの椅子を示したが、リシエルは肩を竦めただけで目もくれなかった。

「もう午後ですぞ。確認して署名するだけのことを、これではだめだと自ら直されるとか、返される商業組合の連中も恐縮するでしょうな」

「よりよくできるなら、そうするべきだ。わたしたちにはただの数字でも、品物にかける税率ひとつで彼らの生活に関わる」

おお、と感嘆し、リシエルは天を仰いだ。

「すばらしい国王を選んでいただき、星に感謝ですよ」

「皮肉はやめろ。知っているだろう？　わたしは王になる教育を受けて育たなかった。だから時間がかかっても、すべてを確認したい」

その細かさは王としての仕事ではないかもしれないが、ヴァレオンは経験を積む意味でも自らに課していた。

それに、そうした態度を見せることでの影響も計算している。王の確認が入るとわかっていれば、最高評議会をはじめ、多くの者への圧にもなるのだから。

「ああ、陛下」

リシエルはやれやれというように首を振った。

「その心構えだけでもあなたは立派な国王ですよ、ほんとうに。……しかし、まあ……ともに育った身としては、いまだに慣れないので寂しくもありますが。覚えておられますかな、互いの剣を掲げて騎士の真似事をしました」

「忘れるものか。朝の挨拶代わりにしていただろうが。おまえの弟たちも玩具《がんぐ》の剣で交じって……見ていたティタリー子爵と夫人の笑顔も覚えているよ」

「母上はお元気ですか」

「ああ、もちろん。エルザが来てから、さらに生き生きとされている。エルザは頼りにしているようだ。わたしも助けられているし……夫人には、ほんとうに昔から助けられてばかりだな」

ヴァレオンは手を止め、束《つか》の間《ま》、目を閉じた。

六年前――二十一歳のときだ。

玉座にあった祖父はそのころ、健康に問題を抱えていた。

早急に後継を選ぶ必要があった。しかし自身の子供たち、そして孫世代のだれも占星盤を回すことができなかった。

そのことがまた心労になっていた祖父は、ついに、外に出されていたヴァレオンにも試すように命じた。

占星盤では様々なことが占われるが、禁忌として伝えられるいくつかの事項がある。

自身のことを占ってはならないというものだ。

人は弱い。それは王といえども同じことで、自身を占うその結果には欲が混じる。よい方向に解釈してしまうのだ。

そして死期を知れば平静ではいられない——だから自身のことを占わなければいいのだと、そう結論し禁じた。

同じく次代の王を探すために占うことも禁じられ、始祖の血を継ぐ王族はひとりひとり、占星盤を回せるか否か、直接試すことになっている。

ヴァレオンははじめて入ったルクス宮、白の扉の向こうに秘されたルクス・リザリアの心髄の前でふるえた。

占星盤が写しだされていた水面は薄青に輝き、金銀の模様が揺れていた。

不思議で美しく、不気味にも感じられた。

そこに触れるのは恐ろしかった。足を入れるのは、もっと。

水面は輝いているのに——あんなにも美しいのに、それでも暗い夜に沈められるのだと、そう思った……。

(わたしは王になどなりたくなかった)

だから恐ろしかったのだと、いまならわかる。

自分が占星盤を回すと、魂の深いところで予感していたからだ。

(王ではなく、王と国民を守る剣のひとつになりたかった)

ヴァレオンは幼いころから活発で、剣の腕はだれより秀でていた。騎士になりたいと夢を語り、毎日、傷だらけで稽古に励んだ。

数多い子供のうちひとりくらいは——と父が思ったのかはわからないが、十歳になる前に、ヴァレオンは武の名門として名を馳《は》せるクロン公爵家に預けられた。

当時、クロン公爵が持つもうひとつの爵位、ティタリー子爵は公爵の嫡男に与えられていた。多忙な公爵に代わり、その子爵がヴァレオンを養育してくれた。

彼の妻はイレナ、息子は三人いた。

子爵の長男はヴァレオンと同年で、血のつながった互いの兄弟より密接に育った。

彼も武門の家系に倣い騎士を目指したが、ヴァレオンが次代の王になることが決まると同じように剣を置き、最高評議会に入るための勉学に励んだ。そして先年、祖父のクロン公爵の死去とともに公爵位を継ぎ、最高評議会に入ったのだ。

「リシエル」

その男の顔を見上げて、ヴァレオンはため息をついた。

「おまえもたまにはルクス宮に来い。夫人が喜ぶ」

夫が子爵位を保持したままはやくに亡くなったため、イレナはティタリー子爵夫人を名乗る。そして息子たちを厳しく育て上げると、いまではルクス宮の女官長としてヴァレオンの信頼厚い側近のひとりとなっている。

そんな母親を少しばかり苦手にしているリシエルは、渋面を作った。

「陛下のご許可いただき光栄ですが、母上には毎回、妻の文句を言われるので……」

ぎこちなく笑って語尾を消し、目を泳がせる。

「……妻は……まあ、たしかに我儘《わがまま》なところもありますが、あれは……なんといいますか、母上が騒ぐほどではないのです。むしろ母上が屋敷を出るための、えー、ルクス宮で務めるための理由にされたといいますか……あー、そういうことですよ、たぶん」

「そうか」

「……そういうことにしてください」

「わかった」

ヴァレオンはニヤニヤして頷いた。

その顔を目にしたリシエルは、ふんっ、と鼻息を荒くする。

「陛下こそ、さっさとルクス宮に戻られては？　迎えたばかりの花嫁を母上に任せていないで」

「わかっている」

「わかっていたらこんなところで、それこそ最高評議会に差し戻せばいいような仕事をされていますかね」

「……わかっている」

「おや、これはこれは」

今度はリシエルがニヤニヤした。

「花嫁の噂《うわさ》は耳にしていますよ。背の高い令嬢で、華やかな色の髪をしているとか?」

「そうだな、美しい色の髪だ。本人も美しい」

「ほう。……ほほう、なるほど」

「なにが、なるほどだ」

「いやいや、いやー、たしかにメディベル伯爵家の令嬢たちは美人でしたからな。その妹君ならば、といったところですか。まあ、姉上たちと違って、花嫁どのは社交界にはほとんど顔を出していなかったようですから、噂ばかりですが」

「噂は正しい。エルザは美人だ」

リシエルの言いかたから、噂が随分と広がっているのだとヴァレオンは察した。

たしかにこれまで、エルザはほとんど社交界に出ていない。

王宮で学んでいた間も、お茶会や夜会など催しに参加はしていなかった。王の花嫁として大切なことは、社交界の花になることではないからだ。

噂は、王宮でエルザを実際に目にした使用人たちなどから広まったのだろう。

もちろん選《よ》りすぐった者をエルザにはつけていたが、王の花嫁という特殊な存在は、強い好奇と関心に晒されるものだ。

誘惑に負けて口を開く者があったのだろう――と、そう思えば怒りも湧くが、彼らの気持ちがわからないわけではない。使用人は立場が弱いし、それを利用して聞きだした輩《やから》もいたのだろう。

(何十年ぶりかの花嫁だからな)

ヴァレオンの祖母は、ヴァレオンの父をはじめ多くの子供に恵まれたが、どの子供も占星盤を回すことは叶わなかった。

先代王だった祖父には、別の花嫁も迎えるべきだという声が常につきまとっていた。

(だが花嫁は、おばあ様ひとりだけだった)

つまりエルザは、ヴァレオンの祖母以来の王の花嫁なのだ。

注目度も高い。

(しっかりと守らねば)

それは自身への誓約として胸に刻んでいる。

守る、大切にする――生涯をともにする。

花嫁選びの夜会、目を輝かせていたエルザが脳裏を過ぎる。

あちこち眺めてはニコニコしていたが、ずっとひとりきりだった令嬢。

変わっているなと思いながらも、どうしても目で追ってしまった。ほかの令嬢に話しかけ、応えてもらえず消沈する場面もあった。

胸が痛み、我慢できずに話しかけた。

王としての顔を隠し従者に扮《ふん》していたが、エルザはそれでも丁寧に受け答えをしていた。

そんな姿にも好感を抱いた。

そして花嫁を示すリザリアの光が——自分とともに生涯を過ごしていく人の光が、彼女の髪に挿したものだとわかったとき、ヴァレオンは高揚した。

あの娘がわたしのものになる——そう思ったとたん、十代の少年のように昂《たかぶ》ったのだ。

エルザが王宮で教育されている間、そばに行きたい、話したいという気持ちを抑えて猛烈に仕事を片づけていたのは、ルクス宮でふたりきりの時間を長く取るためだった。

そしてルクス宮にエルザがやってきて——そのときになっても仕事に追われていたが、どうにも我慢できずに中断して彼女を求めた。

(泣いていた)

夕刻の暗い金色に包まれた、ふたりきりの部屋だった。

エルザは甘い香りがした。

肌に落ちる光がくっきりと陰影をつけ、曲線を際立たせていた。

見上げてくる潤んだ目は、青と緑が混じるめずらしい宝石のようで……。

(……夜まで待つつもりだった)

暗闇の中、なにもかもはじめての花嫁を導いてゆっくりと交わり、甘く優しく、親密さを深めていく最初の夜――にするはずだった。
だが唇の甘さを知ったとき、小さな喘ぎを耳が拾ったとき。
しっとりとした肌の感触も、腕の中の柔らかさも。
ドレスがたてる衣擦れの音さえも――すべてに滾って止められなかった。
(少しでもはやく欲しかった)
夜も――エルザが気を失うように眠ってしまうまでつながっていた。
くたりと力の抜けた身体を抱きとめ、やりすぎたと後悔した。
それでも、もっと欲しかった。もっと深いところまで、もっと。
(もっと)
翌朝はやく、白の扉を開けた。占星盤を回し、花嫁ともっと親密になる術を占った。
基本的に占いは、直接、自分に関わることはできないし、わからない。
しかし花嫁に関しては別だ。
それは国にとっても大切なことなのだ。花嫁は王の……。
(わたしのものなのだから)
「――陛下、どうしました?」
「どうもしない」
腰を屈めて覗き込んでいたリシエルと目が合い、ヴァレオンは舌打ちした。

「不用意に顔を近づけるな、その距離はエルザにのみ許している」

「……ほほう」

リシエルは身体を戻して胸の上で腕を組むと、母譲りの明るい色の目を細めた。

「仲良くされているようで、まずはひと安心ですなぁ」

「なにが、なぁ、だ。貴様に心配してもらうことなどなにもない」

「心配はしていませんよ、興味が……まあ、それはそれとして」

リシエルは表情を引き締め、話を変えた。

「花嫁のお話が出たところで、十日後の祝宴の準備についてですが。……えー、まあ、いまさらの確認ですが、花嫁側の招待客はお身内だけで？」

「そうだ。メディベル伯爵ご本人、姉君たちとそれぞれの結婚相手だな」

「やはり、ご友人などは」

「いないようだ」

「まあ、社交界に出ていなければそうなりますか。メディベル伯爵ご自身も奥方を亡くされてから、地所に客を招くようなこともしなくなったと耳にしています。花嫁として人に囲まれていくこれからは……うーん、大変でしょうな」

「そうだな」

ヴァレオンは一拍置いて、つけ足した。

「エルザが馴染めるように色々と頼む、リシエル」

「もちろんです」

リシエルのあっさりとした了承に、ヴァレオンも軽く手を上げることで謝意を示す。

「今後のことは考えるとしても、とりあえず祝宴では、エルザに気を遣わず過ごしてほしいと思っている。だから王族の数も絞った」

「たしかに」

リシエルは笑って、指を一本二本と立てていく。

「王族の皆様も楽しみにしていらっしゃいましたがね。まあ、今回、諦めていただいた方々には、後ほど盛大なものを開けと要求されるでしょうよ」

「それは仕方ない」

「わたしも招いていただいたので、なかなか強く言い返せないのが苦しいところで」

「おまえはわたしの兄弟のようなものだ。堂々としていろ」

「ありがたいお言葉に感謝です。それに甘えさせてもらっての頼みですが……もうひとり、追加しても？」

「追加？　弟たちか、おまえの？」

「あいつらは暑苦しいのでいやです。実はローズですよ。こちらに戻ってきているので、彼女も呼びたいのですが、どうでしょうか？」

「ローズ」

ヴァレオンは眉をひそめて瞬きひとつふたつの間、考え込んだ。

「ローズ・マウレ伯爵令嬢か」

「そう、我らのローズですよ」

「我ら？」

ヴァレオンはリシエルの言いかたを否定するように睨んだが、その脳裏に、大きな声で笑う美しい少女が去来し、結局は苦笑を浮かべた。

男の子に交じって剣を振るうほど活発な少女だった。リシエルの従姉妹《いとこ》ということもあって、クロン公爵家に預けられていたヴァレオンとも親しんだ。

「そうか、あのローズか。いまは、先代オリベルト辺境伯未亡人。こちらに戻ってきていたのだな」

「辺境伯が亡くなってからも彼女なりに頑張っていたのでしょうが……オリベルト家にいづらかったのでしょうな」

「ローズの用意が間に合うなら招こう。祝宴が気晴らしになればいいが」

「よかった、喜びますよ。戻ってすぐのころは出歩いていたのですが、最近はこもりきりで、ため息ばかりだと聞いていましたて」

リシエルは身を乗りだし、机の端をコツコツと指の関節で叩いた。

「それと、陛下。そのオリベルト辺境伯はじめ、北方諸侯らのことで確認していただきたい書類があるのですが……お時間頂戴しても？」

「貴様、わたしにルクス宮にはやく戻れと進言していたろうが」

「その気持ちは変わりませんよ」

険を含んだヴァレオンの視線をなんなく受け止め、リシエルはへらりと笑った。

「しかし、思い直しました。蜜月は大事ですが、花嫁がひとりで過ごす時間がたまにはあっていいのではないかと。身体を休める時間がね」

「……」

「それで、どうします？」

「確認するものを持ってこい」

羽根ペンを握り直し、ヴァレオンは盛大にため息を落とした。

3

薄紅に染まる空にかかる雲は、金色に光ってたなびいていた。

立ち並ぶ常緑樹の間の小路から空を見上げたヴァレオンは、すっかり遅くなってしまったと胸中で舌打ちする。

(あいつのせいだ)

脳裏に浮かんだリシエルの顔を殴りつける。

結局、辺境伯など北方諸侯らの書類についてはすぐ済んだが、そのまま、さらにべつの仕事も机に積まれていったのだ。

リシエルはその間に軽食とお茶を勝手に用意し、ヴァレオンの手にも押しつけ、長時間、居座り続けた。

正直、空腹だったのでそれはありがたかったが……。

(あいつ、奥方の話が長すぎる)

はじめは愚痴だった。次第に惚気《のろけ》になり、最後には礼賛になっていた。

リシエルの妻、クロン公爵夫人とは何度も顔を合わせている。礼儀正しく美しい、いかにも貴族的な女性で、ヴァレオンにはそれだけの印象だった。

(リシエルの前では違うのだろうな、ふたりきりのときは)

人はだれでも、相手によって違う顔を見せる。家族であっても、親、兄弟、あるいは子供や孫にと、細分すればそれぞれまた違うものだ。

その中でも、心身の深いところでつながる夫と妻は特別だろう。絡む視線、触れる指先
——そこかしこで弾ける火花の大きさも色も。

ふたりだけの火花。秘密の光……。

（わたしとエルザは、リザリアの花の光のようでありたい）

淡い光に照らされたエルザの顔――それをずっと見ていたい。

（会いたい）

まるで何年も離れていたような切迫感が湧いて、ヴァレオンは足をはやめた。

王宮からルクス宮まではそう遠いわけではない。だが間を埋める森には高木だけではなく低木、そして鉄柵や石壁を配置して遠回りさせるので、実際より離れて感じられる。

何度となく自らの足で行き来しているヴァレオンさえ錯覚してしまうので、ルクス宮の正面、大塔の青いスレート葺きの屋根が見えてくると、知らず安堵した。

「おかえりなさいませ、陛下」

ルクス宮に入ると、祖父の代に王宮で侍従長を務めた男を筆頭に、数人の使用人に出迎えられた。その中にティタリー夫人の顔を見つけ、ヴァレオンはモザイクの床を蹴るようにして彼女の前に立った。

「遅くなりました。エルザはどうしていますか」

「中庭に出ていらっしゃいますよ」

「散策ですか」

中庭は奥行きのあるルクス宮の中央、建物を半分にわける形で貫いているので、運動にも適した十分な広さが取られている。

イレナは中庭のほうをチラッと見て「いいえ」と答えた。

「絵をお描きになっておられます」

「絵を」

同じように中庭のほうに目を向けたヴァレオンの横顔に、イレナは微笑んで頷いた。

「ええ、リザリアを写せると喜んでおいででしたよ」

「そうですか」

エルザが絵を描くのを好むことは聞いていたが、実際に描いているところを見たことはなかった。

(描いたものを見てもいない)

何度か話題に上がったのだが、恥ずかしがってすぐ隠してしまうのだ。

「では、行ってみます」

「はい」

心得ているというように微笑んで頭を下げるイレナに背を向け、急いで中庭に向かう。

扉を開けると、少し冷たさを含んだ風が吹きつけた。夏とはいえ、ルクス宮は丘陵の上にあるせいで、夜には肌寒くなる。

(夢中になって、風邪をひいたらどうする)

ヴァレオンは急いで、中庭をぐるりと囲む細い回廊からレンガを敷いた小路に下りた。

小路の両脇にはリザリアが連なって植えられ、その白い花は薄暮に瞬く星のように揺れて光っている。

奥へと進むにつれ、さわさわと鳴る葉擦れに包まれ、外の音が消えていった。

中庭の中央は少し開けていて、小さな噴水がある。

花の形にも似た平たい水盆を重ねた噴水で、こぽこぽと音を立て湧く水は縁からこぼれ、足元から放射状に広がる細い堀をたどって中庭全体に行き届くようになっていた。

白の扉の奥、占星盤を浸しているのと同じ水だ。そのためか、木々に関しては冬季であれ青々としている以外の変化はないが、リザリアは水から星の影響を受けて不思議な力を宿していると言われている。

エルザは噴水の近くにいた。

ヴァレオンに背を向け、写生用の小さな折りたたみ椅子に座っている。

すぐ正面に咲いているリザリアを写しているのだろう、肩から腕にかけ小刻みに動かしていた。背に垂らされた髪も揺れていて、赤みを帯びたその髪は、夕刻の光そのもののように輝いている。

「エルザ」

このまま見ていたかったが、声をかけた。

エルザはハッとしたように顔を上げ、振り返った。

「おかえりなさいませ」

スケッチ帳を閉じて胸に抱えて立ち上がったが、逆光になっていて表情がよくわからない。

ヴァレオンは駆け寄った。

「リザリアを描いていたのか」

「はい」

エルザは微笑んでいた。しかしはにかんで、すぐに俯いてしまう。

「なかなかうまく描けなくて……」

「そんなことはないだろう？　見せてくれ」

「え、いえ、あの」

スケッチ帳を隠すように両腕でギュッと抱き、エルザはふるふると首を振った。

「とてもお見せできるものでは……！　ハランラニ公爵夫人の本に描かれた花をよく模写していましたが、直接見ても、どうしてもあんなふうには描けなくて……、わたし、へ、へたなので……」

「公爵夫人は植物学者で観察眼に優れ、画家としても評価されている人だ」

ハランラニ公爵夫人は、ヴァレオンの大叔母《おおおば》にあたる。一風変わった王女は、学者家系のハランラニ家に嫁いで心ゆくまで研究に打ち込んだ。

その成果としての書物を、もちろんヴァレオンも目にしている。

「公爵夫人に比肩する者はなかなかいないだろう」

「は、はい」

「しかし、もしおまえがそこまですごい絵を描くなら、わたしとしても考えることは色々ある。王の花嫁が画家として作品を発表などしたら大騒ぎになるからな」

「えっ」

「王宮にも、このルクス宮にも飾るように指示しなくてはならない。もちろん、民の目にも触れるようにして……」

「とんでもないです！」

エルザは青ざめた。

「わたしはただ好きで、あの……趣味でして！　落ち着くから描いているだけです……っ」

「エルザ、エルザ」

花嫁の慌てた顔に目を細め、ヴァレオンはついに声をあげて笑った。

「そんなに必死にならなくてもいいだろう」

「で、ですが、話が大きくなっていくので……」

「そうか、すまなかった」

揶揄《からか》っていたのだがそうとも言えず、ヴァレオンは笑いをこらえた。

「だが技巧に関わりなく、王族の絵はたくさん飾られている。王宮はもちろん、地方にある王族管轄の建物にも飾って、気軽に目にできるようにしてあるんだ」

「そうなのですか？」

「もちろんだ。ハランラニ公爵夫人は当然だが、ほかの王族の絵もある。絵だけではなく彫刻や刺繍もあるし、変わったところでは蹄鉄《ていてつ》というのもあるぞ」

「蹄鉄？」

驚いて目を丸くしたエルザだが、華やかな色の髪に縁取られた頭の中でなにを想像したのか、すぐにくすくすと笑いだした。

「知りませんでした。でも、王族の方々をとても身近に感じます」

「そうだな、それを目的にもしている。とくに喜ばれるのは、子供のときに制作した作品だとも聞く。親しみを覚えるのだろうな」

「ヴァレオン様が作られたものはないのですか？」

「わたしのか」

「はい、お小さいころのなど」

ヴァレオンは苦笑した。

「王宮にひとつあるが、あとはない。わたしは外で遊ぶのを好む子供だったしな」

「そうなのですね、残念です」

「だが、わたしの兄弟の作品は多い。あちこちに飾られ、人気があるとも聞いている」

「絵ですか？」

「ああ。ライバートという兄はいまも描いている。フィンバル伯爵ライバート。祝宴で会えるだろう。明朗で、優しい方だ」

「楽しみです」

「ではそろそろスケッチ帳を」

ヴァレオンは手を差しだした。

大きな手のひらを覗き込み、エルザは小さく呻いた。

「……どうしても、ですか？」

「花嫁のすべてが知りたい」

「……へたですよ……」

「それは見る側が決めることだろう」

「……」

エルザはのろのろと顔を上げた。斜めにかかる夕刻の光がその顔に柔らかな影を刻んで、困っているのか怒っているのかわからなくさせている。

だれの師事も受けずひとりで描いていたのもあって、見せることに抵抗があるのだろう。

だがヴァレオンは譲らなかった。

すべてを知りたいと言ったのは嘘《うそ》ではない。

(見るものも、描くものも、全部)

「エルザ」

「……どうぞ」

ついにエルザは、しっかり抱えていたスケッチ帳をヴァレオンに手渡した。

スケッチ帳は使い込まれた古いものだった。ヴァレオンはそれを宝物のように恭しく扱い、ゆっくりと開いた。

紙と絵具の混じった独特の匂いがふわりと広がる。

(これは……)

縁が黄ばんだ紙がざっと二十枚ほど。エルザの性格なのか、メディベル家の倹約のせいか、どれも隅まで使われている。一枚の絵としてではなく、空いていたところに新しく別のモチーフを描き込んでいるのだ。

色がついているものもあったが、ほとんどが鉛筆で形をとらえただけだった。

「……すみません」

黙り込むヴァレオンに、エルザがささやくような声で謝った。

彼女は目線を斜めに下げ、もじもじしていた。その手に握られたままの鉛筆はとても短く、指先も黒く汚れている。

それに気づいたとき、ヴァレオンの胸になにともしれない感情が湧いた。

(我を忘れて描いていたのだろうな)

たぶん、幼いころからそうだったのだろう。

エルザは母をはやくに亡くし、姉たちも年が離れている。有り体に言えば貧しい貴族の家、使用人も少なく、さぞかし寂しい日々だったはずだ。

描くのが好き、描いていると落ち着く――と彼女が口にしたことが、ふいに重さを伴い心に落ちてくる。

(そうするしかなかったのか)

ふいに、エルザを甘やかしたくなった。

なんでもしてやりたい。食べたいもの、見たいもの、欲しいもの――なんでも全部、与えたい。なんでも。

「謝ることはなにもないだろう」

ヴァレオンは意識をして口元をゆるませ、伏せたままのエルザの視線が上向き、自分を映すのを待って頷いた。

「ほんとうに好きだというのがわかる絵だ」

「……へ、へたで……恥ずかしいです。お見せできるものではないのに……」

「いや、そんなことはない」

ヴァレオンはまたスケッチ帳に目を落とし、ぱらりぱらりとめくりながら言葉を探した。

「万人がうまいとは思わないかもしれないが……個性がある。独特で、優しい線だ」

「あ、ありがとうございます……！」

「お前の目にはこう映るのか」

何度もなぞったせいで太くなっているものの、五弁の花の丸い形、その下に頼りなくひょろりと伸びる線がわかる。

茎と細い葉なのだろう、とヴァレオンは察した。綿毛に包まれたその茎葉は、エルザの手にかかると猫の尾のようにふわふわと丸みを帯びるらしい。

ふむ、とヴァレオンは首を傾げた。

「……リザリアだよな？」

「ヴァレオン様！」

「冗談だ」

「わかっています。でも……」

エルザは唇を曲げ、声を尖らせた。

「だからわたし、へたですよって先に言ったのに」

羞恥が過ぎて、拗《す》ねてしまったらしい。

「エルザ、エルザ」

ヴァレオンはスケッチ帳を閉じて腕にはさみ、もう片方の手でエルザの頬に触れた。

滑らかな肌を撫でると、ピクッとして小さく顎を引き、見上げてくる。

「揶揄ってすまなかった。たしかに技術は拙《つたな》い。それでも花を大切に思う、おまえの優しい気持ちが伝わる絵だと思う」

「……ほんとうですか？」

「ああ、わたしは好きだ」

「……っ」

エルザがパッと顔を上げた。

見開いた目の、青と緑が混じるその色が夕刻の光にきらめく。

社交界に出ることなく過ごしていたせいなのか、エルザは世慣れた淑女のように思わせぶりな目つきをしない。

まっすぐ人を見つめる美しい目には、純粋な感情が映しだされていた。

「嬉しいです、ありがとうございます」

「……」

知らず見惚れて言葉を失い、ヴァレオンは立ち尽くした。

星が選んだ運命の相手。占星盤を輝かせる存在――。

(わたしの花嫁)

「ありがとうございま、す……ん……っ」

気づいたときには、頬に触れていた手を後頭部に回して強引に引き寄せていた。

驚いて開いた唇に、覆い被さるようにして口づける。

ルクス宮ではじめて交わしたときから、何度も触れ合っている。唇の柔らかさも甘さも、エルザがふるえる場所もわかっている。

それでもはじめてそうしたときと同様、食い尽くすように激しくすることをやめられない。

顔の角度を変え、より深く舌を差し込む。くちゅりと音をたてて舌を絡める。

「んっ、あ……」

エルザが腕を回し、すがるように抱きついてきた。背に回された手に力がこめられる。

腕の中の柔らかい身体。甘い香り。甘い声に煽られていく。

身体が熱を帯び、ぞくぞくするような欲が湧き上がってきた。

(まずい)

つながりたいと主張し、硬くなってしまう。

貴重なリザリアが植えられていることもあって、中庭に使用人の出入りは許されていない。だからといって情欲のまま、獣のように振る舞っていい場所ではないと、理性が警鐘を鳴らした。

ヴァレオンは爪を手のひらに食い込ませて握り、気を散らした。

唇を離し、自身の反応を知られないようにそっと身体を引く。

うっすらと開いた目を潤ませたエルザが、甘さの残るため息をついた。

「……これも占星盤が示したのでしょうか？」

訊《き》かれたことの意味がわからず、ヴァレオンは眉をひそめた。

「占星盤が？　なにを？」

「ええと……」

濡れた唇を舌先で舐めて、エルザは少し間を置いた。

それから目を伏せ、ひとつひとつ言葉を選ぶように続ける。

「……あの、いまの、口づけをしなさいとか……わたしの絵を好きと言うように……とか、そういうお告げがあったのでしょうか……？」

「違う」

すばやく、そしてはっきりと否定した後、罪悪感に似たもので胸が軋んだ。

たしかに、これまでそうしたことを口にして親密な行為に及んでいた。

エルザがそう思うのは仕方ないだろう。

わかっているのに、胸が軋む。そうではないと声を荒らげてしまいそうだ。

「エルザ」

ヴァレオンは息を吸って気持ちを落ち着かせ、エルザの顎に指を置いて上向かせた。

「おまえの絵が好きだ。口づけも、わたしがそうしたいと思ったからだ」

「……」

「おまえはいやだったか？」

「い、いえ」

「それはよかった」

顔を赤くさせたエルザに微笑み、ヴァレオンはゆっくりと耳元に唇を寄せ、思わせぶりにささやいた。

「では、もう一度」

四章　ほんとうにわたしていいの……？

1

王の花嫁に選ばれた後、ルクス宮を離れず過ごす期間はおおむねふた月ほど。

それは実質、王と花嫁だけの蜜月でもあった。

そして花嫁が占星盤を輝かせることができるか否か、判断される期間でもある。

花嫁は占星盤を輝かせ、新しくよみがえらせる——それは自身の血が混じる次代の王を、占星盤に記憶させるためなのだとも言われた。

しかし花嫁は性別関わりなく選ばれ、王と同性であっても占星盤を輝かせた花嫁もいたのだ。

このことから、一概に次代につなぐためとは確定していない。

どちらにしても占星盤を輝かせた花嫁は特別で、王妃——あるいは王配として迎えられ、王とはまた違った権威を持つ。

一方で、どれだけ長くルクス宮で過ごしても、占星盤を輝かせることができない花嫁もいた。

エルザがリザリアを光らせたように、なにかしらの条件を星が示しそれで選ばれても――占星盤を輝かせることができなかった、そんな花嫁が。

それがなぜなのかは、占星盤を回す力を有し、示された答えを読み解く王にさえわからないものだった。

花嫁に問題があるのでは……そんな声もささやかれ、いまも根強く残る。

王と王の花嫁がルクス宮でともに過ごすのは、長くてもふた月まで。

ルクス宮を出た花嫁が王妃あるいは王配として玉座に座ったとき、周囲は占星盤が輝いたことを知る。

そして輝かせることができなかった花嫁は……。


「皆様、幸せにお過ごしになられましたけどね」

ほほ、と口元を手で隠しつつ笑った姉は、すぐにその手を下ろし、ほぅ……とため息をついた。

「あなたがまだ占星盤に認められていなくても、きっと幸せになれるわ」

「はい、お姉様」

そんな姉の隣に座るエルザはどう答えていいかわからず、曖昧に頷きながら視線をさまよわせた。

（ほかの方々に聞かれていないわよね？）

王宮の一室、こぢんまりとした広間だ。

外に通じる大窓側にはいくつか丸テーブルが並べられ、それぞれ午後の催しにふさわしい装いの男女が数人ずつ座っている。

開放された大窓の向こうは、青々とした葉と花で覆われた低木が連なる庭園だ。緑の匂いを含んだ風がときおり吹きつけ、穏やかな話し声をエルザの耳に届ける。

（よかった。皆様、こちらを見ていない）

それはそれで悲しい気もしたが、安堵のほうが強い。

（落ち着かないもの……）

――王が花嫁を迎えてからひと月後、王宮で行う慣例の祝宴の最中であった。

祝宴といっても舞踏会や晩餐会《ばんさんかい》のような大きく華やかなものではなく、身内やごく親しい友人を招いて語り合うささやかな催しだ。

実際、簡単な挨拶が済んだ後はとくになにをするでもなく、ほとんどがテーブルで軽食をつまんで談笑しているだけで終始する。

結い上げた髪に金細工の花とルビーを飾ったエルザもまた、手首までレースで覆われた袖に金色の飾り帯がきらめく白いドレスと瀟洒《しょうしゃ》に装ってきたが、隅に置かれたソファでふたりの姉にはさまれ話しているだけだ。

姉妹で存分にどうぞ、ということなのか、ほかの招待客を含めて近づく者はいない。

(お姉様たちと久しぶりのお喋りは嬉しいけど……ヴァレオン様もいない……)

「エルザ？」

「あ、はい」

慌てて姉に意識を戻すと、両脇を膨らませる形でふんわりと結い上げた金髪に手をあて、姉は首を横に振った。

「ぼんやりとして……あなた、疲れているのね？」

「そんなことはありませんわ、お姉様」

「いいのよ、エルザ。だいじょうぶ、いまも言ったけれど……占星盤を輝かせることはできなくても、花嫁たちは自らの未来を選択して幸せになられたのですからね」

「はい」

「そうよ、あなたもご存じでしょう？　宮廷の花となられた御方、たくさんのお子様と過ごされた御方。もちろん、王から離れて別の人と縁を結ばれた御方もいらっしゃいます。つまり、あなたも幸せであればそれでいいの」

「お姉様……」

「わかっているのよ、エルザ」

姉はまたため息をついて、きらめく宝石のような青い目でエルザを見つめた。

「陛下のため、国のため、占星盤を輝かせる――黄金の占星盤とすることが一番。それを求められる。それがあなたにもいいことなのかもしれない。けれど……でも、もしそうなっても、あなたに王妃という大役が務まるとは……いえ、務まったとしても……務まる……かしら……心配だわ……」

「まあ、お姉様ったら」

エルザをはさんで反対側に座るもうひとりの姉が、こちらは興奮を隠さず朗らかに、ほほ、と笑った。

「相変わらずお話が回りくどいですこと。第一、エルザを王妃にしていただいたとしても、この子がひとりですべてをするわけではありませんのよ？　陛下や最高評議会、優秀な宮廷官、女官など、大勢に支えてもらえますわ」

「そ、そうね」

「ええ。そもそも占星盤が輝くかどうかもわかりませんし。いまはエルザと楽しくお喋りしましょうよ」

心配していた姉はパッと顔を輝かせた。

「それもそうねぇ」

「そうですわよ」

「……」

ほほ、ほほほほ、と笑い合う姉たちの間でエルザは複雑な気分で俯いた。

(わたしはまだ占星盤を輝かせることができない)

姉たちは身内としての心配から口にしたが、さすがにほかの人々は直截《ちょくせつ》に訊ねてくることはしない。

しかし時折こちらに向けられてくる視線には、計る色が含まれているように感じられた。

——輝かせたのか。

——いつ輝かせるのか。

——輝かせることができるのか。

(ヴァレオン様の……お身内……)

ルクス・リザリア王国の王族は、占星盤を回せる者を生みださなくてはならない——そんな圧もあって、結果として人数が多い。

現在、王位にあるヴァレオンを中心に絞っても、両親、兄弟姉妹だけで十人近かった。

しかしこの祝宴に招かれた王族は多くはない。ヴァレオンの両親も来ていないし、兄弟も数人だけだ。

というのも、これはふた月の間ルクス宮から出られない花嫁のための催しだからだ。くつろいで楽しめるようにと、招待客も花嫁側の家族や親しい友人を中心にする。

（でも……わたし、親しいお友達いないし……）

メディベル伯爵である父。姉たちと、その夫である義兄《あに》ふたり——のみ。

そうした花嫁側の頭数と合わせるため、王族も少ないのだ。

ほかには、王に最も近い最高評議会の議員たち数人、その伴侶も同伴で招かれているが、少々寂しいことには違いない。

（……すみません）

「ねえ、ところでエルザ？」

そっと涙をぬぐっていると、心配性の姉が口元に手を添えささやいた。

「陛下とは……その、だいじょうぶ？　い、色々と？」

「色々？」

エルザは忙しく瞬きしてから、微笑んで大きく頷いた。

「もちろんです、お姉様。陛下にご迷惑おかけすることなく、気をつけてもいますから」

「え？　そ、そう……」

姉はホッとしたように胸に手をあて、視線を広間の反対側へと向けた。

つられてエルザも目をやると、並んだテーブルの先、開かれた大窓から庭園に下りていく数人に気づいた。

その中に、青みを帯びた黒の上着をまとうヴァレオンの姿がある。

エルザの父と義兄ふたりと、なにかを話しているようだ。花嫁側として招待されたものの、緊張で硬くなっていた彼らを気遣ったのだろう。

それは姉も理解しているようだった。

「陛下はほんとうにご立派で、優しい御方です。ですから案じてはいませんが……」

ふいに眉をひそめ、繊細さを感じさせる美貌を曇らせる。

「お姉様？」

「ああ、ごめんなさい。どう言ったらいいのかしら、わたしはもう色々と心配で……ほら、陛下はとても素敵でもありますし……」

「お姉様ったら、ほんとうにお話が回りくどくて困りますこと」

もうひとりの姉が、真ん中のエルザをぎゅっとはさんで身体を寄せ、声をひそめた。

「……わたし、わかりましてよ。ローズ様のことでしょう？」

「ローズ様？」

「マウレ伯爵家のローズ様といえば、わたしたちの世代では知らぬ者のない令嬢でしたのよ、エルザ。ねえ、お姉様、覚えていらっしゃるでしょう？」

「ええ、いまはオリベルト辺境伯未亡人というのも知っていますよ」

「そうです、そう、未亡人ですわ。いまはおひとりなのです」

「お姉様たち」

自分をはさんで続く姉たちの会話を不審に思い、エルザは身体ごと割り込んだ。

「なんのお話ですか？」

「……エルザ、エルザ」

姉たちは同じ青い目で左右から見つめ、奇妙な表情をした。

「わたしたちは陛下やローズ様と同年代ですから、知っていることもありますのよ」

長女の威厳を示すようにコホンと咳払《せきばら》いした姉がそう切りだすと、もうひとりの姉も頷いて続ける。

「同じ時期の社交界、宮廷の催しなどにも参加しましたからね」

「ほら、陛下の向かいに青いドレスの御方がいらっしゃるでしょう？」

「え」

ドレス——ということは女性？　エルザはすばやく目を走らせた。

薄い黄色の花をいくつも咲かせた低木の前、こちらに背を向けているヴァレオン。その右手に父、左手側に義兄ふたりが立っている——と、義兄のひとりが脇に下がり、その奥にひらりと青いドレスが揺れるのが見えた。

「あ……」

エルザは目を見開いた。

父と義兄ふたりだけで話していると思っていたが、ほかにも何人かいたらしい。

ヴァレオンと同じくらい背の高い男性と、白いドレスに身を包んだ貴婦人がヴァレオンと父の前に立つ。

そして青いドレスの貴婦人は、ヴァレオンと義兄の間に移って……。

「……あの方がローズ様？」

エルザはじっと見据えたまま訊いた。

（綺麗な人）

たっぷりとした黒髪を結い上げ、銀で作られた大きな薔薇の飾りを挿している。耳にも同じ薔薇形の装飾品が揺れ、白く長い首にそのきらめきが映える。

（ヴァレオン様……笑っている……）

「ローズ様は、以前、陛下と親しくされていたの」

カタカタとふるえだしたエルザに気づかないのか、姉たちは懐かしそうに語りだした。

「ほら、陛下の近くの大きな御方、クロン公爵もいらっしゃるでしょう？　ローズ様は公爵の従姉妹でね、三人はいつも一緒。宮廷でも話題になるほど仲がよかったの」

「……」

「だれもがローズ様を羨んだわ」

「それはそうですよ、当時はまだ王位にはありませんでしたが……陛下も公爵も注目の的。令嬢の憧れ。ローズ様はそんなおふたりに大切にされていましたもの」

「……」

「ほどなく陛下が王位に就かれ、公爵はご結婚。ローズ様もオリベルト辺境伯と結ばれて王都から去られました」

「そうですわねぇ、そして社交界の中心の面々も変わって……あ、あら、エルザ？」

「お、お姉様、エルザが」

「いやだエルザ、怖いわ。顔が怖い」

「……ごめんなさい」

涙を我慢して眉間と口元に力が入っていただけなのだが、姉ふたりに引かれてしまった。

エルザは慌てて両手で顔を覆い、指先で涙をぬぐった。

（わかっていたのに）

メディベルの屋敷にこもっていた自分とは違う。ヴァレオンはたくさんの貴族と交流があったはずだ。

（もしかしたら……女の人とも……それこそローズという女性が……？）

「……っ」

ぬぐう端から涙が滲んでしまう。

姉たちがそれぞれ左右から腕に触れてきた。

「エルザ？　だいじょうぶ？」

「具合が悪いの？　あなたの環境も急に変わったし……」

「へ、平気です」

エルザは手を下ろし、必死に微笑んだ。

「心配かけてごめんなさい。お姉様たちとお話しできて嬉しくて、気持ちが高ぶったの」

「まあ、エルザったら」

姉たちはパッと顔を輝かせた。

「わたしたちも嬉しいわ、ねぇ、お姉様？　こんな日が来るなんて、安心しましたわ」

「もちろんです。あなたがほんとうに心配だったのよ。お父様はお優しいけれど、生活力のない人ですし」

「ほんとうですわね。お父様はねぇ……」

「でもあなたが、占星盤に選ばれるなんて。こんな日が来るなんて……ありがたいことですわ」

「お姉様ったら……。エルザは小さい頃から我慢強くて、心が綺麗な子でしたもの。星はちゃんと見ていてくれたのですよ」

「そうね。心はもちろん、姿も綺麗ですよ、わたしたちの妹は。エルザ、今日はとくに綺麗ですわ。陛下に大切にしていただいているのだと、それで気づくべきでした。余計なお話をしてごめんなさいね」

「お姉様……」

今度はべつの涙が滲んでくる。

心が洗われるような、嬉しい涙だった。

ヴァレオンにどのような過去があったとしても、いまは関係ないのだと思った。

(わたしは幸せなのだから)

星に選ばれ、王として国中から敬愛されるヴァレオンの花嫁になった。

もし占星盤を輝かせる王妃にはなれなくても、王の花嫁としてエルザも尊重されるだろう。

つまり、姉たちに、今後、心配や負担をかけることはないのだ。

わたしは――幸せ……。

「……」

それでもなにか、どこか。

胸の奥が痛む。

エルザは唇を嚙んで表情を引き締めた。

「あら、エルザ」

ポンと腕を叩かれ、また怖い顔だと言われるとハッとしたが、姉はべつのほうに目を向けたままだった。

「伯爵がこちらにいらっしゃいますわ」

「え？」

姉の視線を追って目を上げると、窓側に並ぶテーブルでの動きがあった。ヴァレオンたちが室内に戻り、入れ替わるように何人かが庭園に出ていく。

そのうちのひとりがふらりと外れ、こちらに足を向けて近づいてきた。軽く手を上げる仕草を見せたその人は、灰色と青を組み合わせた上着をまとう細身の男性だった。肩にかかる髪は明るい褐色で、顔には笑みがある。

「フィンバル伯爵よ。エルザ、立って」

合図に応える姉たちと一緒にソファから立ち上がったエルザは、伯爵へと目を移したとたん、緊張がじわりと滲むのを感じた。

祝宴の最初に挨拶をしている。

(ヴァレオン様のお兄様)

「姉妹でお喋りのところ申しわけない。花に惹かれる蝶《ちょう》のごとくふらふらとお邪魔します」

「まあ、お上手ですこと」

フィンバル伯爵ライバートに気軽な様子で話しかけられ、姉たちはくすくすと笑いながら会釈した。

伯爵は大仰な仕草で礼を返した。

「社交界の花といえばメディベル姉妹――ふたたび、ここでこうしてお会いできて不思議な感じです。しかしあのころと同じく、ふたりともお美しい」

「ありがとうございます。王都から離れていたと耳にしておりましたが、伯爵もお変わりなく嬉しく思います」

「今後は親しくしてください。あなた方の妹君は、わたしにとっても妹となりましたし」

ライバートはそう言うと、エルザに向かって頭を下げた。

「エルザ様、さきほども挨拶しましたが、あらためて。フィンバル伯爵ライバート、陛下とはひとつ違いの兄です」

「よろしくお願いいたします、兄上様。星のお導きでここにおりますが、親しくさせていただきましたら光栄です」

「どうかライバートと呼んでください」

王の兄は気安く片目をつぶって、つけ加えた。

「いまはフィンバルの名跡を譲られ、自由にやらせてもらっているだけの身ですから」

「そんな」

「いや、ほんとうに気楽なものです」

エルザには窺い知ることのできない王族としての屈託はあるのかもしれないが、ライバートの表情や声にはそれらを匂わせるものはない。

「国のあちこちを巡ってふらふらしています。重荷を背負わずに済んだのでできることですから、陛下にはむしろ申しわけないくらいですよ」

「ヴァレオン様から聞いております、絵を描かれていると」

「そうです、そうなのですよ。子供のころからそれだけは褒められたので、夢中になって描き続け、いまに至ります」

まあ、と声を出し、エルザの姉たちが上品に笑った。

「伯爵の絵を望まれる方はたくさんいらっしゃいましたよ」

「わたしたちの時代はもちろんでしたが、いまもお願いするのは令嬢たちが多いのでしょうね」

「それはまあ……どうでしょう？　とりあえずメディベル家の三姉妹のお姿も、いつか描かせてほしいものですが」

「嬉しいことです、ぜひお願いしますわ」

「エルザも絵を描きますのよ、伯爵」

「おお、それは」

ライバートはエルザの手を取らんばかりに身体を寄せてきた。

「嬉しい共通点ですな！　では、ルクス宮のリザリアはもう写されましたか？」

「はい！」

「すばらしい」

「わたし、もともとリザリアが大好きでしたから。ハランラニ公爵夫人の図鑑をずっと大切にしていて……ですから、ルクス宮の庭を目にしたときは倒れそうでした……！」

言い終えてから、エルザはハッとした。

（またやってしまったわ）

絵の話につい興奮してしまったが、それで笑われた過去が苦くよみがえる。

しかしライバートは目を輝かせ、大きく何度も頷いた。

「わかります、ええ、わかります。……ああ、ルクス宮でしか咲かないのが残念です」

「ライバート様もリザリアは描かれたのですか？」

「もちろんです。いまは自由に見ることが叶いませんから、記憶を頼りに描いています。もちろん、公爵夫人の図鑑もぼろぼろになるまで参考にさせてもらいました……とはいえ、やはり直接、目にしたいと思っております。陛下に頼んでルクス宮に入れてもらおうと企んでいるので、そのときはお力添えください」

真面目《まじめ》な顔をして頭を下げるライバートに、エルザは大きく頷いた。

「わかりました、頑張ります」

「頼みます」

「ところで兄上様は」

「ライバートです」

「はい、すみません」

絵の話が気兼ねなくできることが嬉しくてたまらないエルザは、もっと話したくて身を乗り出した。

「ライバート様は、普段はどのようなものを描かれているのですか?」

「なんでも描きますが、とくに花が好きです。人物や風景を写していても、気づくとスケッチ帳は花で埋まっていますよ」

「拝見したいです!」

エルザは力をこめて言った。

え? という顔も一瞬、ライバートは笑いだした。

「光栄です、エルザ様。ではスケッチ帳の交換というのもいいですね。参考にさせていただきたい」

「そ、それは、わたしの絵は、そんな……」

「花といえばここの庭園の花も美しいのですよ。皆で見に行きませんか」

ライバートは返事を待たずにエルザの手を取り、姉たちにも目で合図して歩きだした。

断ることもできずに一緒に進むと、ふと、視線を感じた。

庭園に面した大窓の前、テーブルのひとつに座っていたヴァレオンと目が合う。

微笑みかけようとして、ヴァレオンの隣に座る青いドレスの女性——ローズもこちらを見ているのに気づいた。

彼女が耳につけた銀の薔薇飾りがキラッと反射し、目を射る。

心臓まで射られたように、身体が竦んだ。

(どうしてそんなに近くに座っているの？)

しかもふたりが座るテーブルには、ほかに誰もいない。

「エルザ様？」

「あ、は、はい」

エルザは視線を外し、ライバートに導かれるまま大窓から外へ出た。

もやもやとする胸の内と裏腹に、庭園は翳りのない光と色であふれていた。

2

「エルザ」

「……っ」

背中から回された手に乳房を包まれ、エルザは息を詰めた。

色づき敏感になった先端を指の腹でこすられる。

硬くざらついた指がもたらすその快感は、波紋のように全身に広がってエルザを溺れさせていく。

ふいに、きゅっとつまれた。

「や、あっ」

ビクッとふるえたエルザをさらに追い詰めるように、指ではさんだ頂を、強弱をつけていじられる。

「あ、あっ、ん……ん……っ」

「もっと声を」

顔の両脇に垂れるエルザの赤みを帯びた金髪を、もう一方の手でやや乱暴に払ったヴァレオンは、後ろからすり寄せるようにして顔を近づけた。

真っ赤に染まった耳殻を舐めて、王は強い口調で言う。

「わたしに聞かせてくれ、可愛い声を」

「ひゃ……っ、あ、あっ」

「もっと」

まるで蓋をするように覆い被さっていたヴァレオンは、エルザの腹部に手を差し込んでグイと腰を上げさせた。

その手で支えたまま、膝で足を開かせる。

這わされて腰を突きだす体勢に、エルザの芯がカッと熱を上げる。

「ヴァレオン様……」

首をねじって背後を見ると、上体を起こしたヴァレオンの肌が見えた。

これまで知ることのなかった異性の直線的で力強い肉体は、エルザに尽きることのない驚嘆を与える。

広い肩、盛り上がった上腕。厚みのある胸。

引き締まった腹部、腰――そして欲望の証《あかし》の……。

「おまえは吐息ひとつもわたしのものだ」

花嫁の視線をさらに求めるように、ヴァレオンは勃《た》ち上がった太いものでエルザの腿の外側を撫でた。

「あ」

熱く、それでいてしっとりとした感触に、全身が粟立った。下腹部に力が入り、秘めた部分の疼きが増していく。

「……ヴァ、ヴァレオン、様……っ」

ルクス宮に入ってから連夜――ときには昼から身体を重ね、快楽を教え込まれた。

エルザは素直に、ヴァレオンを求めて喘いだ。

「わかっている」

ヴァレオンは、ギシと音を立て、片手をついた。

もう一方の手でさらに腰を上げられ、足を開かされる。

「もっと、わたしだけに聞かせてくれ」

「……っ」

すでに濡れそぼっていた部分に自身をあてがったヴァレオンは、割れた肉の繊細な形を堪能するように、先端で何度かこすった。

「あ……あ、あ、ん、あぁ……っ」

そして十分に濡れたものを押し入れられ、そのまま一気に貫かれる。

「ん……っ、あ、ああっ、あ、あ、んっ」

エルザを支える手に力をこめ、ヴァレオンは激しく腰を前後に動かした。

ベッドが揺れ、キシキシと音をたてる。そこにエルザの声と、くちゅ、くちゅと濡れた音、肉のぶつかる音が重なる。

「あ、ん、ああ……っ」

淫らな音が、熱を帯びた寝室に落ちていく。

「あ……っ」

力が入らず、エルザは頭を敷布につけた。

潤んだ目の先で、窓から斜めに差し込む日射しがぼやけている。

(まだ……昼にもなっていないのに……)

――朝の支度が終わり、食事を済ませた後、ヴァレオンは目を通したい書類があると執務室に入っていた。

エルザは自分の部屋で本を読んでいた。そこにティタリー子爵夫人イレナが現れ、数日前の祝宴で会ったばかりの姉からの贈り物を手渡された。

それを確認していたとき、ヴァレオンが戻ってきたのだ。

(……急にキスされて、寝台に)

蜜月であるのだから、甘い空気になって――というのはあるだろう。

だが、王と王の花嫁には――少なくともヴァレオンとの蜜月にはあてはまらない。ほとんどのことが星の導き、占星盤が示したことなのだ。

(きっとこれも……昼前に……という、お告げ……)

「……あっ、あ……ン……ッ」

「なにを考えている」

ヴァレオンは奥まで挿入して動きを止め、エルザに覆い被さってきた。

「足りないか?　エルザ、わたしのことだけ考えろ」

腹部を支えていた手をずらし、さらに下へ——ふたりがつながる部分に触れたヴァレオンは、エルザの最も敏感な突起を指先で潰すようにこねた。

「……っ」

「もっとわたしを欲しがってくれ」

「や、あ、あっ、あ……！」

「エルザ、もっとだ」

突起に指をあてたまま、ヴァレオンは自身を奥まで収めて小刻みに抜き差しした。

最奥まで突かれて揺らされる振動で、触れたままの指も刺激になる。

それでももっと強い刺激が——快感を弾かせ、高みへと昇り詰めさせてくれるものが欲しくて、エルザはねだるように自ら腰を揺らした。

「ヴァレオン様……っ」

「もっと、エルザ。声を」

「ああっ、あ、ヴァ、んぁ……っ、あ……ーっ」

ヴァレオンは上体を起こし、激しく突いた。

与えられる悦楽に、エルザは声をあげて身悶えた。

強すぎる快感に涙が滲み、頬を伝う。

はしたない——昼なのに——恥ずかしい——……なにも考えられなくなっていく。

「あああ……っ！」

快楽に墜ちていくエルザの、閉じた瞼の裏に光が散った。

リザリアの花の柔らかさとは異なる、激しく強烈な光だった。


戻ってきたヴァレオンは、いくつか皿を乗せた銀盆を持っていた。

「そのままでいい」

寝台から下りようとしたエルザを制し、脇に置かれた棚付きのテーブルに銀盆を置く。

カチャ、とかすかな音とともに、ハーブの香りが広がった。

薄く柔らかな生地とレースのガウンをはおったエルザは、細紐で結んだだけの前を押さえて身を乗りだした。

「……これ、ん、ン？」

声が嗄れていて、驚いて言葉が切れる。

ヴァレオンは苦笑を口元に乗せ、足を伸ばして座るエルザと向かい合わせになるように、寝台の縁に腰を下ろした。

「無理をさせた」

「あ……い、いえ」

ついさっきまでこの上でしていた親密な行為を思いだし、エルザは俯いた。

しかしヴァレオンは情事の激しさを欠片《かけら》も感じさせない清冽《せいれつ》な表情と仕草で、テーブルに置いた銀盆を引き寄せる。

「口を開けろ」

「え」

と発した唇に、薄黄色の飲み物をすくったスプーンを差し込まれる。

ふぐ、と変な声をあげたエルザだが、すぐに目を輝かせた。

「美味《おい》しい……」

「ティタリー夫人が言っていた。おまえが好きな味だと」

すぐにまた飲み物をすくったスプーンを向けるヴァレオンに、エルザは困惑して眉をひそめた。

「あの、わたし、自分で」

「口」

「ん」

反射的にスプーンを口に入れてしまう。

目で困惑と羞恥を示すと、白シャツの肩を竦めたヴァレオンはスプーンを置いた。

「このままでも飲めるか？」

「はい」

差しだされたカップを受け取ったエルザは、喉の渇きもあってすぐに口をつけた。蜂蜜も含まれているのか、嗄れた喉に甘く染みる。それがまた美味しくて止められず、ゆっくりと何度も飲んだ。

そのうち、ヴァレオンにじっと見られていることに落ち着かなくなってくる。青灰色の目は瞬きもせず、まるでエルザがどのように動いているのか確認するようだ。

(どこか変かしら？　髪とか？)

頬にかかっていた髪をさりげなく直すと、ヴァレオンもエルザの髪に触れ、指で梳《す》くように撫ではじめた。

「午後からわたしは予定がある」

「はい。王宮に行かれるのですか？」

「いや、執務室にいる。今朝、占星盤が変わった流れを示した。変化がはじまる」

「流れ？　変化とは……」

王が回す占星盤の存在、その示し方、予見――それらすべてが、夜空を見上げて瞬く星の配置で物事を測ろうとする占いとはまったく異なっている。

ヴァレオンは昼夜に関わりなく占星盤を回し、これを通じて国土とつながる星が示す未来や、そこに至るための道を選択しているのだ。

ヴァレオンはエルザの髪から手を離し、彼だけに視《み》える事象を説明した。

「北東の明け星が中心の銀に入り、三度の旋回。最後の一周で赤い星も巻き込んだ。中心の銀は王宮。国に関わるほどの光ではなかったが……赤は王の血を含んだ星を示し、わたしに近い王族の可能性がある」

「は、はい」

「ルクス宮に報《しら》せが入るはずだ」

「……」

占星盤の動きに関する独特の表現で混乱していたエルザは、笑顔のまま固まった。

慣れなくては——と思うのだが、謎の表現も、先を見越して行動するヴァレオンにも、不思議議を超えた畏怖を感じてしまう。

(わたしとのこともそうなのかしら)

花嫁に選ばれたことからはじまり、身体を重ねること——そのときの仕草や言葉ひとつ、実は星が示したものではないのか……。

(占星盤がどんなふうに示しているのか、わたしにはわからないもの)

どんなふうに、どんな色で示されるのか。

言葉、行動、それこそ視線ひとつも示され、決められているのだとしたら……。

「エルザ？」

「はいっ」

ぼんやりしていたのを疲れているのだと思ったのか、ヴァレオンは栗《くり》のようにぷっくりとした形の焼き菓子と、エルザの手にあったカップとを交換した。

「食べるといい。こういうのは好きだろう？」

「はい……」

「美味しいか？」

「はい！」

懸念も溶かすような菓子の甘さに、口元がゆるんでしまう。

「では、もうひとつ」

「ありがとうございます」

ふ、と笑みをこぼしたヴァレオンは、寝台からゆっくりと立ち上がった。

首の後ろでひとつに束ねた黒髪が動きに合わせて揺れるのを見上げていると、ふと、ヴァレオンがなにかを拾い上げた。

銀盆を乗せたテーブルに置かれていた、小さなスケッチ帳だ。

「新しいのを描いたのか」

「あ、あの、ヴァレオン様、それは……っ」

エルザは身動いで手を伸ばしたが、ヴァレオンはひらりと背を向け、スケッチ帳を開いてしまった。

「すごいじゃないか、エルザ」

まぎれもなく驚きを含んだ感想とともに、パラ、パラとめくっていく。

「上達している」

「あの、それは」

「しかし、さすがにこれは……」

「は、はい……」

反応に若干傷つき、エルザは涙目で頷いた。

「……わたしが描いたものではありません」

ヴァレオンはゆっくりと身体ごと振り返って寝台の脇に立ち、スケッチ帳をエルザに差しだした。

「兄のだな」

「はい」

スケッチ帳を両手で受け取りながら、エルザは泣き笑いの顔を向ける。

今日の朝食後、祝宴の返礼品として、姉たちからの贈り物がエルザに届けられた。中身は愛と感謝にあふれた長い手紙、美しい仕立ての下着や部屋履きなどで、父からはエルザと手ずから名前を刻んだ鉛筆など。

家族の思いが詰まったそこに交じっていたのが、このスケッチ帳だった。

フィンバル伯爵ライバートのものだ。

祝宴から数日後、この短期間にどういう経緯があったものか、姉たちの名前で届けられた荷の中に入っていたのだから、エルザも驚いた。

「まだすべては拝見していないのですが……」

見ようとしていたときに、ヴァレオンが入ってきたのだ。

その後のこと——朝の残滓《ざんし》をまとう寝台での痴態が、頭の片隅で明滅する。

エルザは火照った顔を両手ではさんで、ふふ、と笑った。

「ライバート様の……兄上様の絵があまりにお上手なので、わたしのスケッチ帳を送るのは躊躇われます」

「兄に送る？　おまえの絵を兄に見せるのか？」

「はい。お互いのスケッチ帳を交換する約束をしましたので。でも……わたしの絵を目にされたとたん、笑われてしまいそうです。どうしようかと」

「……」

「あ、ヴァレオン様。兄上様からのお手紙も頂戴しておりまして、リザリアを描きたいのでルクス宮にと……」

「エルザ」

ヴァレオンはエルザの言葉を遮り、間を置かずエルザの手からスケッチ帳を奪い取ると、放るようにしてテーブルに戻した。

しかしスケッチ帳はその上を滑り、床に落ちてしまう。

「……っ」

エルザは慌てて寝台を下りようとした。しかしそれよりはやく、身を屈めたヴァレオンに上腕をつかまれ、ハッと身を竦ませる。

ヴァレオンはエルザを見下ろし、表情を消して呟いた。

「感心しない」

「え」

「おまえはまだ占星盤を輝かせていない、そうだろう」

「……は、はい」

「王の花嫁は王のためにある。つまり国のため、民のためだ。エルザ、占星盤を輝かせなくてはならない」

「ヴァレオン様？　え、あ……っ」

寝台に膝を乗り上げたヴァレオンは、そのまま伸しかかるようにしてエルザを倒した。

赤みがかった髪が、エルザの困惑を示すように枕元に乱れて広がる。

「ヴァレオン様……？」

「おまえはわたしの花嫁だ」

真上から視線を合わせたまま、ヴァレオンはエルザのまとう繊細なガウンを引き裂く勢いで剝いだ。

ハッと息を飲んだエルザの喉に手をあて、ドクドクと激しく刻む脈を撫でる。

「わたし以外に目を向けるな」

ヴァレオンは顔を近づけ、唸るような声でそう命じると、目を見開くエルザを見つめたまま唇を重ねた。

反射的に目を閉じると、口づけが激しくなった。

息が苦しくて、エルザは身動いだ。しかし上になっているヴァレオンは身体が大きく、思うように動けない。

「や……っ」

男の胸元を両手で必死に押すものの、びくともしない。

しかし抗う手で気づいたのだろう、ヴァレオンは唇を浮かした。

はぁ、と荒い息をつくエルザの耳に、低い声が切れ切れに届く。

「占星盤を輝かせるには、どうしたらいいのだろうな」

「え」

喉にあてられていた手が下がり、所有を疑わない傲慢さで、エルザの乳房をつかむ。

「何度でもつながればいいのか」

「ヴァレオン様」

なにもかもはじめてだったが、ヴァレオンとの行為に恐怖を感じたことはない。

エルザは息を飲んだ。

ヴァレオンは情熱的ではあっても、手荒でも自分本位でもなかった。

いまも、抗うこともできない圧倒的な力を見せられても、恐ろしくはなかった。

怖くもない。

——ただ悲しかった。

(占星盤を輝かせるためだけに、わたしと……)

「そんな顔をするな」

ヴァレオンが動きを止め、唸るように言った。

(どんな顔？)

わたしがどんな顔をしたというのだろう？　青灰色の目をじっと見つめると、視線を逸らし、ヴァレオンは目を閉じた。

「エルザ、わたしは……」

「——陛下」

そのとき、扉の向こうからイレナの声がかけられた。

寝室の扉は細く開いている。ヴァレオンはすばやく身体を起こし、エルザのガウンをグイと引いて直した。

そして寝台を下り、扉に向かう。

「なにか」

ヴァレオンが寝室の扉に手をかけたまま問うと、申しわけございません、と前置きしてからイレナが返した。

「王宮から使者が参っております。予定にないことですので、陛下のご判断をお願いいたします」

居間の通路に通じる扉近くにいるのか、声はくぐもっていた。

敏《さと》い女官長は、どんな時間であっても王がエルザの寝室に入れば、足を踏み入れることはしない。普段は声をかけることもないのだが、ヴァレオンが焼き菓子などを取りに来たことで、花嫁との親密な時間が終わったと判断したのだろう。

それでも居間にさえ入らないのは、蜜月のふたりへの配慮なのかもしれない。

「お出ましいただいてもよろしいでしょうか、陛下」

「わかりました、すぐ行きます」

そう答えると、ヴァレオンは肩越しにエルザを振り返った。

ガウンの端を手で押さえながら身体を起こしたエルザと、束の間、様々な思いをこめた視線が絡む。

しかし――。

「午後は休んでいるといい」

素っ気なくそう言い置いて、ヴァレオンは寝室を出ていった。

パタン、と扉が閉じられたとき、エルザの心の内でもなにかが音をたてた。

3

(しっかりしなくちゃ)

少しの間、放心していたようだ。

閉じられた扉から目を外して深く息を吸い、ゆっくりと吐きだす。

それから寝台から足を下ろし、爪先をふらふらさせて室内履きを探した。

(ない……)

裸足《はだし》のままペタリと音をさせて床に下り、その場に膝をつく。寝台の下を覗き込むと、転がって左右とも引っくり返った室内履きがあった。

さきほどヴァレオンに蹴られたのだろう。

(……急に、怖いお顔で……)

赤や黄色、濃い緑の糸で野花を刺繍した室内履きは王宮で用意されたもののひとつで、素朴な飾りがエルザのお気に入りだった。

いつもきちんと揃えておいたし、ヴァレオンもそれを知っている。

(なのに)

「……っ」

ふいになにかが、胸の奥からあふれてきそうになる。

エルザは慌ててそれを飲み込み、室内履きを拾って並べた。それから急いで寝台の縁に座り、何事もなかったように爪先を差し込んで立ち上がる。

乱れたガウンの胸元を手で押さえ、そのまま歩きだした。

けれど――ふと、足が止まってしまう。立ち尽くしてしまう。どうしても。

「占星盤……」

知らず口を突いて出た呟きが、スウッと宙に溶けていく。

――ヴァレオン様は、占星盤が示さなければ触れることもしない。

(そういうことなのよ)

そもそもエルザが迎えられたのは、星が選び、占星盤が示したからだ。

この結びつきに、本人たちの自由意思は介在しない。

政略結婚と同じようなものだが、しかしそうであったならば、利益や財産、家名を守るなどの明確な理由が提示される。

しかし王とその花嫁には、そうしたはっきりと見えるものがない。

占星盤を読み解く王が星に選ばれたといえば、それが絶対の理由になるだけだ。

なぜ選ばれたのか――それは花嫁にも、当の王にさえもわからない。

(だからヴァレオン様は占星盤で常に確認する)

親密になっていく術を。

黄金の占星盤と為す術を。

「……」

エルザはため息をついた。

傷つくことなどなにもない。これまで何度も自分に言い聞かせてきたことを、新たに大きく、深く、しっかりと心に刻み直せばいいだけだ。

けれど、この痛みは――身体の芯が軋むようなこの痛みはなんだろう?

エルザはもう一度、息を吐きだし、ゆっくりと歩きだした。

お気に入りの室内履きが足音を消す一歩ごと、代わりに繰り言が心で虚《うつ》ろに響く。

(……どうしてわたしが)

(なぜ、ほかの人じゃなかったの?)

(ほんとうにわたしでいいの……?)

メディベルの屋敷の端、古ぼけた家具に囲まれた自分の部屋で花を描いて過ごすだけ――

一生、そうなのだと思っていた。

それでよかった。

外に出て傷つけられるのはもういやだった。

美しく頭がよくて、優しい姉たちと比べられるのが……。

自分を貶《おとし》める周囲のその声、くすくすと笑う声は、エルザの中の小さな矜持まで傷つけてきた。

けれど、それだけではなかった。傷を埋めようとして、大好きな姉たちへ向ける気持ちまで曇らせるのは間違っていると思ったのだ。

だから屋敷にこもった。

それでいいと思っていた。

なのに、リザリアの光とともに運命が変わった。

王の花嫁として引き上げられた道――その一歩から不安で立ち尽くし、俯いていた。

でも、ヴァレオンが手を差し伸べてくれた。

(歩幅が違うから、強引なときもあったけれど)

それでもふたりで歩きはじめた道で、エルザの足取りは次第に軽くなっていった。

リザリアの光に満ちた美しい道を、こうしてふたりで歩いていくのだと――ヴァレオンもそう感じているのだと、勝手に信じてしまった。

「……違ったのね」

さきほどのヴァレオンの横顔が頭の片隅を過ぎり、心がざわついていく。

(開いてもらった祝宴で浮ついて、バカね……わたし)

王の花嫁に求められるのは、占星盤を輝かせることだ。

逆に言えば、占星盤を輝かせる可能性があるからここにいられるだけ……。

(それだけなのよ)

忘れてはいけないと、自らを叱咤《しった》する。

そして一日でもはやく占星盤を輝かせなくてはならない。

そうしたら、ヴァレオン様はきっと褒めてくれる。喜んでくれる。もっとこちらを見てくれるかもしれない。もっと、わたしを。

(わたしだけを)

エルザはキッと顔を上げた。

(そうよ、できることから頑張らないと……!)

午後は休めと言われたが読書をしよう。学ぶべきことはたくさんある。

胸の奥の痛みから目を逸らし、エルザはあえて前向きにそう考えた。そう、まずは着替えて、身だしなみも調えなくてはならない。

少しでも綺麗だと思ってもらえるよう――。

「に……っ」

踏みだした足がなにかを踏んで滑った。

転ぶことはなかったがバランスを崩してよろけてしまう。

(あれは?)

驚きに見開いた目に、床に散った何枚かの紙が映る。開いた形で落ちたスケッチ帳もあった。紙を綴《つづ》る紐が外れてしまったのだろう。

慌ててしゃがみ込み、散らばった紙を拾っていく。借りたものなのに――焦るその手がふと止まる。

「素敵」

描かれていたのは、ほとんどが花だった。

庭園の中心になるような華やかなものから、小さく控えめな野花もある。

面白いことに、そうした花をモチーフにした装飾もあちこちに描かれていた。小花を連ねた腕輪、重なる葉のブローチ。立体的に宝石を重ねた薔薇のつぼみの指輪。

「素敵……!」

エルザの目が輝いた。

届けられたばかりで、まだじっくり見ていなかったのだ。つい座り直し、一枚一枚、ゆっくりと見入る。

ライバートの絵は、エルザが尊敬するハランラニ公爵夫人の絵をどこか彷彿《ほうふつ》とさせた。それもあって夢中になってしまう。

(このまま画集にできそう)

花だけではなく、家屋が連なる風景や森の中の水車、岩塊に聳える古城のスケッチなどもあった。目にした風景や建物などへの興味まで感じられ、感嘆と羨望でため息がもれる。

「あら……」

その中に一枚、雰囲気の異なる絵があった。

人物画だ。ベンチ型の椅子に座る女性で、頬に片手をあてて微笑んでいる。

簡素な線ではあったが、人物の特徴をよくとらえたスケッチに思えた。

整った顔立ち、少しきつい印象の目元。結い上げた髪――そしてすんなりとした首に添って垂らされた耳飾りの先に揺れる、立体的な薔薇の装飾までよくわかる。

「この人」

見覚えがある。薔薇の飾り、薔薇の……。

祝宴の席でヴァレオンの隣にいた女性だ。

ローズ様よ――姉たちの言葉が耳の奥で響く――仲がよかったのよ、あのふたりは……。

「……っ」

ぶんぶんと頭を振って姉の声を追い出す。

(でもライバート様、なぜ……?)

フィンバル伯爵ライバートは、ヴァレオンとはひとつ違いの実兄だ。ヴァレオンと親しくしていたというローズとは、どこかで顔を合わせていたはずだ。

祝宴でふたりが親しくしていた様子はなかったので、そのころに描かれたものなのかもしれない。

(でも……?)

エルザは紙を近づけ、目を凝らした。

昔の絵ではない。紙自体も新しく、鉛筆の線も濃い。

そしてもうひとつ。ほかに描かれた花と同じく、ローズを写した線も優しく愛情に満ちている――気がする。

「えっ」

(まさか? ライバート様、まさか!?)

エルザはあたふたと立ち上がり、外れた紙を戻してスケッチ帳を閉じた。

秘密を覗いてしまったようで罪悪感を覚える。

だがそもそも、なぜライバートはローズの絵をはさんだままにしていたのだろう。

(取り外しできるのに……あ、もしかしてわざと?)

単純に忘れていただけなのかもしれないが、そういう迂闊《うかつ》さはない人に見えた。

では自分にこの絵を見せる意味とは、つまり――。

(ルクス宮のリザリアのように、ヴァレオン様に口添えしてほしいということ……!?)

まさか？　と思いつつも、エルザはその考えにとらわれた。


ごく細い銀線を織り込んで形を作った、上腕部から肘までの大きな袖が目を惹く白のドレスにした。

髪もあまり手を加えずゆるくひとつに編んで、銀色のピンでとめただけ。首と腕に着けた装飾品も涼しげな銀輪だ。

白いドレスは、以前、ヴァレオンに似合うと言われたことがある。

きっと気に入ってくれるはずだと、そう願う気持ちを盾にして、エルザは執務室に続く通路をひとり歩いている。

中庭を覗く窓からは明るい日射しが差し込んでいた。

イレナから聞いたところだと、使者が王宮に戻った後、ヴァレオンは執務室で昼食を取ったらしい。そのまま午後いっぱい仕事をすると。

(わたしに……会いたくないから？)

寝室での気まずさが、心のどこかにまだぺたりと貼りついている。

それはエルザだけではなく、ヴァレオンも同じなのかもしれなかった。

だが、このままではいやだった。

(ちゃんと向き合いたい)

手にしているスケッチ帳を胸に抱え直す。

これをきっかけにしたかった。

ライバートのスケッチ帳に描かれたローズを見て、ヴァレオンはどんな反応をするだろう？　驚く？　笑ってくれる？

(それとも……？)

勢いを駆ってここまで来たが、もしかしたらヴァレオンは不機嫌になるのでは……？

急に不安になって、足が止まる。

スケッチ帳を乱暴に放り投げる姿が、頭の片隅を過ぎった。その後、寝台の上でされたことも。言われたことも。責めるような眼差《まなざ》しも。

休んでいろと言い置いた――あれは、会いたくないということではなかったか……。

「……っ」

エルザはスケッチ帳をきつく抱いて、胸の痛みをこらえた。

パレットの上で様々な色が混じってしまったように、区別できない感情でいっぱいになっている気がする。

(どうしよう)

進むべきか、戻るべきか。

ふと、頬をかすめた風に気づいて我に返る。

通路にくっきりとした影を落とす格子で仕切られた窓は、小さな一画だけ開閉できるようになっている。

開いたそこから入り込んだ風とともに、中庭の木々の葉擦れもかすかに聞こえてくる。

さらに、さわさわと歌うようなその音に混じり、軽やかな笑い声も耳朶をくすぐっていった。

(女の人の……?)

イレナの声ではなかったし、ルクス宮の女官長である彼女はそもそも大きな声で笑うことをしない。

王宮から別の使者が来たのだろうか。

どなたかしら?　と興を引かれて窓越しに目を凝らす。

ルクス宮の中庭は広大で、木々が重なり一望にはできない。それでも位置をずらして見るうち、ひらりと揺れた薄い黄色の布に気づいた。

ドレスだ。ドレスの絞られた腰に巻かれた飾りの布、その長く垂らした端が揺れたのだ。

黒髪の女性だった。長い首、そこに飾られた銀色が日を弾いて光る。

エルザは目を見張った。

(ローズ様)

ルクス宮の中庭にいたのは、祝宴にも出席していたローズだった。

なぜここに？　ルクス宮は禁足。しかもリザリアの咲く中庭に？　――怒りが混じった疑問が、噴く勢いで湧いてくる。

しかし次に目に飛び込んできたものに愕然とした。

ローズの後ろについて、黒い上着をまとった長身が木の陰から現れた。

(ヴァレオン様)

笑っている。黒髪を首の後ろで束ね、すっきりと現した顔がはっきり見える。

ローズが足を止めて振り返り、王に対し軽軽な仕草で顔を指差した。

それを咎《とが》めるどころかヴァレオンはまた笑い、突きつけられたローズの手を握り、そのまま歩きだす。

(……どうして？)

エルザは窓に手をかけて身を乗りだし、息を飲んだ。

見開いたその目の先では、ヴァレオンとローズが身を屈め、中庭を埋めるように咲くリザリアの花に手を伸ばしている。

ヴァレオンが花を折り、差しだされたローズが両手で受け取った。

木漏れ日がちらちらと躍る中、ふたりの姿は一幅の絵のように美しい。

(どうして一緒に？　どうして……リザリアを？)

姉たちの声が耳の奥によみがえる。仲がよかったのよ——あのふたりは、仲が……。

「……っ」

エルザは身をひるがえし、窓から離れて駆けだした。

笑っているふたりを見ていたくなかった。ひとりで。

(わたしだけひとりで)

瀟洒な居間を足早に抜け、奥の寝室へと滑り込む。後ろ手に扉を閉め、そのまま背を預けて俯き、はぁ、と息をついた。

聞きたくない。

見たくない。

知りたくない——考えたくない。

胸が痛い。長い爪で容赦なく裂かれているような、鋭い痛み。息ができなくなるような、切ない痛み。

「……やだ」

涙が滲んだ。瞬くと、涙が頬を伝う。

「そんなの、やだ」

涙が次々とこぼれる。喉がふるえて我慢ができず、声を放って泣きだした。

胸が痛い。痛い。張り裂けている。

痛い。とても。

ものすごく血が出ている、きっと。

「う、うっ……ぇっ」

持ったままだったライバートのスケッチ帳を、壁に添う半円形のテーブルに置き、空いた手でドレスの胸元を引っ張って覗いたが、血は出ていなかった。

「こっ、こんなにっ痛いのに……っ」

ぎゅっと握ったこぶしで胸を叩く。叩いても痛くはない。痛むのは奥だ。ずっと奥。

(わたし……ああ、そうなのね)

なぜつらいのか。なぜ痛いのか。こんなにも。

名前をつけなければそうと気づかないもの——それがいま膨れ上がり、言いわけを見つけては糊塗《こと》していた心を裂いてあふれてきたからだ。

(わたし、ヴァレオン様を)

こんなにも求めていたのだ。

こんなにも。

（好きになっていた）

自ら望んで花嫁になったわけではない。

だが、だれより近い場所にいて、親密な行為を――情熱的に求められ、甘くささやかれ、心が揺れないはずがなかった。

それがたとえ星に示されたものであったとしても、エルザの気持ちには関わりのないことだ。

世間知らず、無垢《むく》だったから――と言われればそうなのかもしれない。

ほとんどふたりきりという、ルクス宮で過ごす蜜月の影響だと。

（……でも、わたしはヴァレオン様を愛している）

涙をこらえ、唇をふるわせながらもエルザは微笑んだ。

（愛している）

だれかを好きになる気持ちの端緒など、自分でもわからないのかもしれない。

気づいたときにははじまっていて、どうしよう、どうしようと思う間に、身動きもままならないほど搦《から》めとられている。

それでも――はじまりがどうでも、そこからどんなふうに自分の気持ちを見つめ、育てていくのか。

思い続ける気持ちを大切にする――。

(それが大事なこと)

涙で汚れた頬をぬぐい、顔を上げる。

俯くな、とヴァレオンにいつも言われていた。

そんなふうに言ってくれたことも、嬉しかったと思い返す。俯かずわたしを見てくれと、そう言われていたのだといまさら気づいた。

はやく気づけばよかった、とエルザは思った。

自分に自信がなくて、いつも俯いていた。

いまも、気持ちまで俯いていた。

顔を上げて、胸を張って、ヴァレオンの隣に立つのにふさわしい女性になろう。

「そうよ」

自らを鼓舞するように微笑む。

(リザリアを光らせられるのは、わたしだけだもの)

エルザは窓辺に目をやった。

細長い窓から差し込む午後の強い日射しのもと、窓辺の棚に置かれた花瓶と、そこに挿されたいくつもの白い花がきらめいている。

歩み寄ると、甘酸っぱい花の香りに包まれていく気がした。

銀色の茎葉に支えられる、たくさんのリザリアの花。

花びらの縁の色だけが異なる花。可憐な白い花。光る花――……。

「わたしの運命」

慈しむように花びらを撫でる。何度も。何度も。

「……」

手を止め、エルザは凍りついた。

リザリアは光らなかった。

五章　わたしだけの美しい星

1

「……っ」

目覚めたエルザは、転げるようにして寝台を下りた。

ほとんど眠れなかったせいもあって、頭の芯が膨張しているように鈍く痛む。それでも焦燥感に突き動かされていた。

しかし急《せ》く気持ちに身体がついていかず、足がもつれて転んでしまった。

「もう……っ」

立ち上がり、寝間着の裾をからげて窓辺まで走る。

(昨夜、何度試しても光らなかった)

でも、とかすかな期待が過ぎる。

ひと晩経てば元に戻っているはず……。

昨日の午後、王宮に足を運んだヴァレオンはそのまま戻ってこなかった。

今朝、光ってくれたなら、彼に知られることはない。

「お願い」

朝の眩い光に照らされた白い花——リザリアに手を伸ばし、慎重に花びらに触れる。

指先がふるえ、花弁が揺れた。さわさわと、小さな音がたつ。

それだけだった。

——光らない。

エルザは息を飲み、もう一方の手を花に翳《かざ》して影を作り、顔を近づけた。朝の光で見えないのだ。きっと光っている。きっと。

(見えないだけなのよ)

「……っ」

光っていない。

リザリアはあたりまえの花と同じく、白く美しく、ただ咲いているだけだ。

(どうしよう)

エルザはふらりと後ずさり、力なくその場に座り込んだ。

——星は王に最良の相手を示すが、その方法は代々の王によって異なる。

リザリアに似た形の痣《あざ》があるなどの身体的特徴。あるいは誕生した年月日から割りだされることも、逆に少し先の未来、いつ、どこで出会うと読み解かれることもあった。

ヴァレオンが占星盤に示されたのは、光るリザリアを手にした女性の影だった。

だから夜会を催し、令嬢たちにリザリアを持たせたのだと聞いている。

(そして光らせたのがわたし……なのに……)

エルザは両手を広げ、手のひらに顔を埋めた。

リザリアは光らなくなってしまった。

(わたし……どうしよう……どうして光らないの?)

花嫁の資格を失くしたということなのだろうか?

もう――ヴァレオンのそばにはいられないと、そういうことなのだろうか……?

「――エルザ様、入ります」

ふいに、背後にある扉が開けられた。

ギクッと肩が跳ねる。

(ヴァレオン様が戻られたの!?)

「まあ……エルザ様」

振り返ったエルザの見開いた目に、女官長のイレナの眉をひそめた顔が映った。

「どうなさったのですか、お返事もなくて……まあ、なんてこと」

床を蹴る足音を響かせて近づき、イレナはかたわらに膝をついた。

「お身体の具合でも？　このようなところに座っていてはいけません、すぐ横に……！」

「いえ、あの、イレナ様」

腕を回し立たせようとするイレナの手を、エルザは握った。

「平気です、だいじょうぶです」

「では、なぜこのようなところに座って？　お支度もまだなのに」

「それは……」

細いリボンで飾られた寝間着の胸元を見下ろして、エルザは口ごもった。どのくらいこのまま座り込んでいたのか、足が強張っている。

(わたし……みっともない)

黙っているうち、イレナは自分の中で答えを決めたのか、はぁ、とため息をついた。

「心配なさらなくとも、本日中には戻られますわ」

「……」

「陛下は何事もご自分でやろうとされる御方ですから。またお時間を忘れて没頭されたのでしょう。エルザ様もこうしたことには慣れていきませんとね」

「……はい」

年長者らしくたしなめてくるイレナに、エルザは曖昧に頷いた。

昨夜、王宮から戻ってこなかったヴァレオンに対し、悲しんでいるか拗ねていると思われたのだろう
その上で、そうした態度はよくないとやんわりと忠告してくれているのだ。

(言えない……)

むしろ今朝、ヴァレオンがいなくてよかったと安堵していたなどとは……。

昨日、中庭で一緒にいたローズとずっと王宮で過ごしていたのだろうかと、そう思うと心がひどく傷ついたが、一方で、ヴァレオンに知られることはもっと恐ろしかった。

いずれは発覚することだとわかっている。

(いっそ、いま……イレナ様に?)

リザリアが光らないのだと——光らなくなってしまったと言うべきなのだろうか。

告げればイレナは心を痛め、案じてくれるだろう。だがそれは彼女個人の感情であって、女官長としては速やかに報告するはずだ。

(ヴァレオン様に知られてしまう)

それはだめだ。

昨日と——今朝と、光らないのはたまたまなのかもしれない。不思議な花なのだから、そんなことがあってもおかしくはないだろう。

(きっとまた光るわ、きっと)

窓辺の花瓶に挿されたリザリアを見上げ、エルザはぎこちなく身動いだ。

「驚かせてすみません、イレナ様。わたし……なぜか今朝はぼんやりしてしまって。それだけなのです」

「そうなのですね。たしかに驚かされましたが、女性には色々ありますし……」

立ち上がろうとするエルザにすかさず手を貸したイレナは、そう言って苦笑した。

「そのときは遠慮なく言ってくださいね。わたくしは手助けできると思いますから」

「は、はい」

「ともかくいまは体調に問題がないのなら、お着替えを」

「はい」

「本日はどのドレスにいたしましょうね。最近は白ばかりでしたので、違うのもいいかもしれませんよ。華やかな色などは？　陛下は女性の装いにはうるさくはありませんが、ときどきは驚かせてやりませんと」

「はい」

楽しそうに提案してくるイレナに、エルザは努めて微笑みを返した。

イレナが選んでくれたのは、赤や青など鮮やかな色を使った花柄のドレスだった。

胸元と上腕をふわりと包む袖には金や銀のビーズ、小さな真珠などを連ねた飾りが垂れ、目を惹く。

鏡の前に立つエルザは、袖口を指で引いて、飾りがきらきらと光る様を見つめた。

「お似合いですよ」

背後のイレナが、鏡面越しに頷く。

「髪の色にも合いますし、同じ柄のドレスを数枚、仕立ててもよろしいかもしれませんね」

「え……」

花嫁としてこれからもいられるかわからないのに？　——そんな考えが頭の片隅を過ぎり、エルザは顔を強張らせた。

それを遠慮と思ったのか、イレナは笑う。

「花嫁のお支度は、きちんと予算が組まれていますよ。エルザ様がお気になさることはなにもないのです」

「……」

「ルクス宮でも色々なことが動きだしましたからね。エルザ様が来てくださって、どれだけありがたいことか。なにより陛下のお顔が変わられて」

「……ヴァレオン様のお顔が？」

「ええ、ええ」

イレナは頷いて、思いだすように目を閉じた。

「陛下は……言ってしまえば、王になるとご自身も思われずに育った御方です。初めて占星盤を回されてから六年、即位して三年。無我夢中だったことでしょう」

占星盤は、国をよりよくすることを示す。

王はそれを読み解いて国政に反映させていくが、星が示すのは大きな枠だ。よりよくしようとする枠——そこから押されて歪《ゆが》み、こぼれていくものもある。

ヴァレオンはそうやってこぼれるものも拾おうとしているのだと、イレナは言った。

「陛下は騎士を目指していましたからね、ひとりでも多く救いたいのです。王となってからも、自ら戦うことを己に課していらっしゃるのでしょう」

「……」

「そんな御方がようやくご自身の花嫁を占われ、迎えられた。陛下にはもちろん、わたくしどもにとっても、エルザ様は光なのですよ」

「光」

イレナは意識的に口にしたわけではないだろうが、その言葉にエルザは胸を衝かれた。

（わたしは……光じゃない）

もしかしたら、これまではそうだったのかもしれない。

あの夜会の夜から、昨日までは。

けれど、いまは――。

(光らせることが……できない……)

「……エルザ様? どうなさいました、お加減が?」

ふいに顔を覆ったエルザに、イレナが声をかける。

しかし答えることができず、エルザはそのまま首を振った。

なんでもないですと言わなくては――なんでもありません、心配しないでくださいと。

しかし出てきたのは、引きつったような呼気だけだった。

「エルザ様?」

「――まだここにいたのか」

イレナの背後で扉が開き、唸るような低い声とともにヴァレオンが入ってきた。

「これは陛下、いつお戻りに……」

イレナの声に、カツと響く足音が重なった。

「エルザ」

「……っ」

ビクッと身体を竦ませたエルザは、顔を覆う手をそのままに、指の隙間からヴァレオンを見た。

いつものように黒髪をひとつに束ねているが、少し乱れている。

きつくしかめられた顔は紅潮し、汗が垂れていた。

「走ってこられたのですか？　まあ……」

呆れたようなイレナの声を背に、ヴァレオンは袖のゆったりとした白シャツ、その黒糸で飾り刺繍のされた襟元をゆるめ、長い息を吐きだした。

そして手を差しだす。

「おいで、エルザ」

「どこに――」

「白の扉だ」

ヴァレオンはそう告げながらも、焦《じ》れたようにエルザの手首をつかんで引き寄せた。

「行くぞ」

「……っ」

そのまま強引に寝室から連れだされる。

背後でイレナが頭を下げる気配がした。普段は遠慮のない物言いをする彼女だが、ヴァレオンの様子に気圧《けお》されているようだ。

(怖い)

心臓まで竦み上がり、キリリと痛む。ヴァレオンの横顔は、苛立《いらだ》ちを隠さずしかめられたままだ。

手を握られたまま居間を抜け、通路に出たところで、もつれた足がドレスに絡んで倒れかけた。

「わ……っ」

すかさず反転したヴァレオンに、両腕で抱きとめられる。

「だいじょうぶか」

「は、はい……」

広い胸に頬をあて、エルザは息をつく。

「では行くぞ」

ヴァレオンはエルザの腰を抱くと、そのまま押すようにして歩きだした。

(どうして?)

なぜそんな急いで白の扉に行くのだろう。

白の扉の奥には——占星盤……。

(リザリアが光らなくなったこと、知られたの?)

心臓がさらに竦んで、手足が一気に冷えていく。重くなる。

(身体が動かない)

「どうした?」

ヴァレオンが足を止めた。

エルザは視線を避けて俯き、ドレスのせいですと訴えるようにスカートを叩いた。

「……ヴァレオン様、なぜ白の扉に……？」

「占星盤を回す」

「今日のお告げを？　で、でしたら、わたしが行く必要はないと……」

「違う」

エルザの質問を遮ると、ヴァレオンは気持ちを落ち着かせるように間を置いた。

「……すまない、驚かせてしまった。ただ……これからは、わたしが占星盤を回すときにはおまえもいるべきだと考えた」

「わたしも？　どうして……」

エルザがこれまで白の扉を通り抜け、占星盤と向き合ったのは三回だけだ。

いずれもヴァレオンが日々の占いの中で、占星盤が輝く兆候が現れたという解釈によるものだった。

しかし三回とも占星盤は輝かず、なんらかの変化を見せることもなかった。

都度、気まずい思いで俯くエルザに、ヴァレオンは顔を上げて堂々としていろと、それだけを口にした。

安易な慰めもなく、かといって落胆を見せるわけでもなかった。

(だから……強く気にしたことはなかったけれど)

「わたしがいて、お邪魔になることはないのでしょうか」

「ない」

ヴァレオンはすぐさま否定すると、息をついてから言い足した。

「昨日、王宮で過ごした」

「……はい」

「おまえに直接伝えず、悪かった。それに結局、向こうでひと晩過ごす羽目になって、帰りがいまになったことも申しわけないと思っている」

「……」

「言いわけになるが、おまえをないがしろにしたわけではない。ティタリー夫人から伝わるだろうと、甘えていた」

「……わたし、覚悟はできていますから……平気です」

(ヴァレオン様に、あ、愛人がいても、わたし以外の花嫁が来ても……それはわたしの気持ちとは関係ないから)

「そうなのか？　平気なのか、エルザ？」

「はい……っ」

「それはそれで複雑だな。エルザ、自分をもっと大事に考えてくれ。わたしが王であっても、緊急のことであっても、それがおまえに黙っている理由にはならないのだから」

「……」

「もちろん、おまえもなにかあったときは必ずわたしに言うように。おまえのことは全部、知っておきたい」

「は、はい……？」

「それはそれとして、昨日、急かされて王宮に行ったのは、ローズというわたしの友人のせいだ。結婚したいのでその後押しをしてくれと、昔と同じく剣を振りまわしかねない勢いで言いだしてきた」

「結婚」

「そうだ」

思わずというように苦笑をこぼしたヴァレオンは、それをきっかけに足を踏みだした。

腰を抱かれ、手を取られていたエルザは、人形のようにされるがまま歩きだし、ヴァレオンを見上げた。

(ローズ様が結婚？　ローズ様と、結婚……？)

「あ、あの、どういうことでしょう？」

「わたしの兄とだ」

混乱するエルザとは逆に、ヴァレオンは口元に美しい笑みを刷いていた。視線を合わせると薄青い目を細め、淡々と言い足す。

「兄のライバートだ」

「ライバート様と結婚」

エルザはぽかんと口を開けた。

頭の中で、ライバートの描いたスケッチが次々と揺れる。花、水車、城――そして薔薇の耳飾りをつけた女性……。

(……ローズ様？　ローズ様ってあの？　ええと、ローズ様も？　ということ？)

「おまえから見れば唐突だと思うが……まあ、そういうことがあったのだ。ローズは辺境伯と死別してこちらに戻り、同じころ、兄も地方から戻ってきていた。懐かしさから親密に話すうちに……ということらしい。詳しくはわたしも知りたくない」

「……」

「兄はなかなか本心を明かさない人だ。ローズは諦めて消沈していたそうだが、先日の祝宴でわたしを頼ることを思いついたそうだ。それで昨日、押しかけてきた。その粗暴……いや行動力を兄に向ければいいものを、そこはしおらしくなる。ともあれわたしは押し切られ、王宮に兄とリシエルを呼んだ。クロン公爵は覚えているな？」

「イレナ様のご長男……」

「そうだ。しかしあの男はティタリー夫人に似ていないが、賢知も受け継がなかった。昨日も、場を余計な混乱に陥らせただけだ。呼んだわたしが愚かだった」

「……」

「ともかく兄の真意を聞けた。兄はずっとローズを思い、独身だったと。ふたりの結婚の話がまとまったのは深夜だった。それから……今度はわたしの話になった」

「ヴァレオン様の……？　どのようなお話を？」

「おまえとのことだ」

ヴァレオンは足を止め、エルザと向き合った。

見下ろしてくる端整な顔から甘さが抜け、青灰色の目は冷たい炎のようにきらめく。

「わたしの花嫁は占星盤を輝かせることができるのかと問われた」

「……っ」

「リシエルと兄は心から案じてくれていた。……だが、だからこそ余計なことも言いだす」

──なにを言われたのですか。

知りたいのはそれではなかったけれど、そう問いたかった。

ヴァレオンが言われたことはわかっている。直系王族は多いほうがいい。べつの花嫁、新たな花嫁を持てと、だれもが思うことを勧められたのだろう。

ヴァレオンがどう思ったのか、それを知りたかった。

だがエルザは言葉を飲み込み、俯いた。

「俯くな、エルザ」

いつものようにすかさず命じ、ヴァレオンは指でエルザの顎を持ち上げる。

「顔を上げていてくれ。占星盤がどのような意思を持って、花嫁に自らを輝かせる力を与えているのかはわからない。だが、おまえは必ず占星盤を輝かせる。占星盤はふたたび黄金になる。そのためにこれからは、白の扉を一緒にくぐる機会を多くしよう」

「で、ですが、占いのお邪魔では……」

「たしかに占星盤を回すには集中力も必要だ。多方向から光が降ってくるような……説明しがたいが、まあ、そんなものを見て読み解いていくのは、繊細で手間のかかる仕事になる。だが、おまえもその場にいることで、影響があるのではないかと思う」

「……はい」

「エルザ」

ヴァレオンは、エルザの唇を親指の腹でなぞった。

「わたしもやれることはすべてやる。必ず占星盤を輝かせよう、ふたりで」

2

――昨夜のことだった。

兄ライバートとローズはすれ違っていたが、ヴァレオンの仲介で結婚を決めた。

直前に見た占いでの変化はこれだったのだ。

北東の小さな明け星はローズ、王につながる赤い星は兄ライバート。

ローズは死別とはいえ、先代オリベルト辺境伯の妻だった。辺境伯家は王宮と一定の距離を置いている。彼らは独自の信仰を持つ古い一族だ。

兄とローズの結びつきで、今後はなにかが変わっていくのか……。

そんなことをリシエルと話しているとき、兄が戻ってきた。

願いが叶い、満足して退出したローズとともに王宮のどこか一室を使えばいいものを、とヴァレオンは舌打ちした。

そういう淡泊さがローズを不安にさせていたのだと思ったが、兄は涼しい顔のままリシエルの隣に座り、話に加わった。

そのうちに、ヴァレオンとエルザの話になったのだ。

――いまはまだ考えられないだろうが、とクロン公爵リシエルが口火を切った。

新たな花嫁を持つことを考えてくれ、と。

そしてリシエルの忠言に、兄は頷いた。

――たしかに考えてもいいだろうね。わたしが言うのもおかしいが……王以外にも占星盤を回せる王族は必要だ。そう、ヴァレオンの子は多ければ多いほどいい。いやなことを言っているのはわかっている。だが、エルザのためでもある。わたしたちのおばあ様のことを覚えているだろう？　おばあ様は花嫁としてルクス宮に入られ、すぐに占星盤を輝かせたと伝えられているが……。

ヴァレオンは黙ったまま兄を睨み、その先を言わせなかった。

祖母のことを持ちだすのは卑怯ではないか、と思った。

ヴァレオンの即位を見届けた後、息を引き取った祖母の、その喪失の痛みにいまも胸を苛まれている。

騎士になりたいという少年の夢を笑わず、後押ししてくれた祖母は、優しく賢く、いつも微笑んでいる人だった。

しかしその笑みの裏で、王の花嫁としてはつらい思いをしていた。祖母が産んだ子供はヴァレオンの父を含めて六人いるが、いずれも占星盤を回す力を有していなかったからだ。

ほんとうに占星盤を輝かせたのかと、そんな噂も流れた。

年月が経つうち、祖母への非難は声高になっていった。子供らだけではなく、その子、王の孫世代のだれにも占星盤を回す力がないなど——と。

結局は王である祖父への、祖母以外の花嫁を持たなかったことへの批判だった。

占星盤は示さなかったと祖父は繰り返したが、王にしかわからない結果を疑う者は少なくなかったのだ。

祖父母は深く愛し合っていたが、本来、美徳であるそれが逆に、王の花嫁としての祖母を追いつめ苦しませたのかもしれない。

ヴァレオンが占星盤を回した後、だれもが祝いの言葉を述べる中、祖母だけは気遣い、何度も謝っていた。夢を捨てることになるヴァレオンの気持ちを慮ってくれたからだ。

そうした細やかさを持つ人だった。だからこそ苦しんでいたのだ。

エルザには祖母に似た繊細さがある。同じ思いはさせたくない。

そもそも、彼女はまだ占星盤を輝かせていない。もしこのままだったら？　輝かせることができずルクス宮を出たその後は……？

占星盤を輝かせることができなかったとしても、花嫁のその後は保証されている。ともにルクス宮に入ったということは、王と結婚の誓約を交わしたということだからだ。

後に誓約書を無効とし、王宮を出てべつの相手と結ばれた花嫁もいたが、長い歴史の中でごくわずかだった。

たいていは王宮に残る。

しかしそれが幸せなことなのか、ヴァレオンにはわからなかった。

べつの地平から見れば、羨望の対象になるのかもしれない。王の花嫁として王宮での地位を保ち、経済的に困窮することもなく、生涯、王の権威に守られて過ごすのだから。

だがそれは、自分ではないだれかが王の隣に立つのを見上げ続けることでもある。

仕方がない――と、そう思う者がほとんどだろう。

結局、星が選び、占星盤が示すことなのだ。血筋、家柄、外見、才能、努力もなにもかも、そこには加味されない。

仕方がない、わたしは選ばれなかったのだからと、そう思えばいい。

彼女は受け入れるのかもしれない。従い、俯いて生きていくのかもしれない。

しかしそう思ったとき、ヴァレオンは怒りが湧いたのだ。

エルザの悲しげに曇った顔――それを、エルザではない相手を隣に立たせて見下ろすことなど耐えがたい。

＊＊＊

白の扉に彫られた星を戴く無数の男女――その視線すべてがこちらに向けられているような、そんな奇妙な感覚から逃れるように急いで部屋に入った。

天上を彩る青いガラスを通した光が揺れる白い壁、中央には四本の柱が立ち、その間、柱に見下ろされる形で円形の内池がある。

その下――水底に占星盤は埋められている。

「ここで待て」

ヴァレオンは内池の手前でエルザを立ち止まらせた。

柱頭からこぼれる水がこぽこぽと音をたてている。水は内池に注がれ、揺れて光が瞬くその水面を見つめながら、エルザは畏怖にふるえた。

(リザリアは光らなかった)

それは、自分がここに入る権利を失ったということではないだろうか。

白の扉をくぐれるのは、当代の王の直系にあたる王族か――王の花嫁だけだ。

これまでエルザは、リザリアの花を光らせた花嫁として入室を認められていた。

しかし、リザリアは光らなくなってしまった。

(わたしは……いいの？　ここにいて？)

ヴァレオンに告白することはできなかった。

白の扉に阻まれることもなかった。

(ここまで来てしまった)

水底に敷かれている占星盤、その水面のきらめきを前にして、突然、恐怖に包まれる。

清冽な光に責められている気がした。

「エルザ？」

ヴァレオンが、指の背で頬にそっと触れてくる。

「ふるえているな。どうした、緊張しているのか？」

「……い、いいえ」

「突然、連れてきてしまったからだな、悪かった。だが心配しなくていい。すぐに終わる。なにも怖いことはない」

ヴァレオンはエルザを引き寄せ、唇を重ねた。

エルザは慌てて目を閉じた。しかし唇は触れただけで長くはとどまらなかった。

身体ごと離れたヴァレオンは背を向け、一歩、前に出る。

劇的な音がたつわけでもなかったが、四本の柱それぞれからこぼれ出ていた水が止まり、内池の揺れもなくなった。

そして水面に浮かび上がってくる不可思議な文様――。

大きな円がひとつ、そして内側に続いていくいくつもの同心円と、その間を埋めて様々な色に輝く幾何学模様や図象の数々。

ヴァレオンは現れた占星盤を崩すのも躊躇わず、水に入っていった。

内池はそう大きなものではないが、深さはある。内側は段になっていて、長身が一歩ずつ沈んでいく。

胸元まで水に浸ったヴァレオンを包むように形を変え、ゆらゆらと探るように光を瞬かせていた占星盤は、ほどなく動きを止めた。

写しだされる赤や青の光が反射し、黒髪の上で瞬く。

「エルザ、水面に手を」

「は、はい」

ヴァレオンが水中にいるときにそうしたことはなかったが、水に手を浸して試すことはしてきた。エルザはこれまでのようにドレスを慎重に押さえ、水際に跪《ひざまず》いた。

伸ばした手を、指先からそっと水面に入れる。

(冷たい)

水面で瞬く占星盤の写しは、エルザの動きで一瞬ふるえるように揺れたが、それだけだった。変化はなく、光が強くなることもなかった。

「気にするな」

ヴァレオンは身体ごと振り返り、水の中から伸ばした手でエルザの指に触れた。

いつもと違って見下ろす格好になったヴァレオンと視線を合わせると、青灰色の目は気遣うように細められた。

「いますぐにと急かしているわけではないんだ、エルザ。だが、今日はこのまま務めを果たしてみよう。手を浸していてくれ。だいじょうぶか、このままで？」

「はい」

「ドレスが濡れないように、わたしも気をつけよう。美しいドレスだ、よく似合う」

ヴァレオンは笑った。

そして手を離してまっすぐに立ち、ふ、と表情を消す。

（はじまる）
エルザはハッとして、身を強張らせた。
水面に写る占星盤が回りだす。円がそれぞれ異なる方向に、異なる速度でくるくると。
水音はしない。写しだされた占星盤だけが回っているのだ。
そして、円と円の間を埋めるすべての模様がきらめきだす。
赤に青に金に銀、白、紫――ヴァレオンの顔にそれらが照り映えた。
「……っ」
エルザは唇を噛んで、声を殺した。
占星盤の上に立つヴァレオンが、どんなふうに星を見ているのかはわからない。
（でも、まるでヴァレオン様も占星盤のひとつのよう）
美しく、強く、不思議で――圧倒される。
ヴァレオンをひどく遠くに感じた。
彼は王なのだ。ただひとり、占星盤を回せる人。読み解いて国を導く人。
ヴァレオンの心をひとり占めしたいと、そう思うのは許されないことだ。
（……わたしがここにいるのは……間違っている……）
言わなければならない。
リザリアは光らなくなったのだと。

あなたの花嫁の資格がなくなったのだと……。

胸を衝かれて涙が滲み、見ているものがぼやけていく。ヴァレオンを囲むようにしてふわふわと回っていた占星盤の光が膨張し、混じり——突然、消えた。

「……なんだ？」

呟いたのはヴァレオンだった。夢から覚めたように目をしばたたき、両腕で水面をなぞるように身動いだ。

パシャ、と水音があがって、占星盤の写しがすべてなくなる。

ただの水に戻ったその中心で、彼は両手で水をすくって眉をひそめた。

「占星盤が消えた？　どういうことだ」

「……」

「エルザ？　どうした」

「わたしのせいです」

エルザは水から手を引き抜き、濡れたその手を組んで身ぶるいした。水は冷たかった。そこから出した手は氷のようになっている。

「……わたしのせいです……っ」

「なにを言っている？」

ヴァレオンが近づいてくる。その動きで、パシャ、パシャ、と音をたて水が打ち寄せ、ド

レスを濡らしていく。

冷たい。冷たい。冷たい――しかし立ち上がって避けることもできず、エルザはそのまま俯いた。

「……リザリアが、光らなくなってしまって……」

「なに」

「光らないのです、いただいたリザリアが……寝室に飾っていたあの花、何度試しても、何度……手にしても、光らないのです……っ」

エルザは顔を覆った。

声を放って泣きたかった。

どうしたらいいでしょうと、問題をすべて押しつけてしまいたかった。

自分で考えたくない。花嫁になったときと同じように、結果をただ受け入れ、従うほうがどんなに楽だろう。

(でも)

エルザはふるえながら手を下ろした。そしてヴァレオンを見た。

「わたしではなかったのです。あなたの花嫁は、わたしではなかった」

ちゃんと伝えなくてはならない。

優しいこの人のために、自分から言わなければならない。

「占星盤は輝きません。それどころか……リザリアの花を光らせることができなくなったわたしは、ここにいる価値もないのです。だから……べつの人を……」

「――やめろ」

聞いたことがないほど低い声で、ヴァレオンは鋭く遮った。

同時に、池の内側にある段に片足をかけ、身体を寄せてくる。その動きであふれた水がドレスをさらに濡らした。

「ヴァレオン様……」

「わたしの占いは間違わない。花嫁はおまえだ」

ヴァレオンはエルザの上腕をつかみ、揺さぶって顔を上げさせた。

間近から、まるで食いつくように見下ろされる。

「王妃もおまえだ、エルザ。占星盤は輝く」

「……あっ！」

ヴァレオンは手に力をこめ、エルザを引き寄せた。そして体勢を崩したエルザの背に腕を回してすばやく抱え上げ、そのまま段を蹴って水の中に戻る。

エルザは息を飲んだ。

ドレスがまくれ上がり、占星盤が消えた水面に、青や赤の小花を描いたドレスが膨らんで広がる。

下半身が水に浸かり、すぐに腹部、そして胸――首まで水に浸かってはじめて、爪先がカツンと硬いなにかに触れた。

(占星盤)

力強い腕にしっかり抱きかかえられているが、エルザは驚きと恐怖からヴァレオンの肩に手を回してしがみつき、浮力を利用して足を上げた。

占星盤を踏むなど、あってはならないことだ。

「不敬です、わたしは、花嫁でもないのに……」

「花嫁だ」

ヴァレオンは強くエルザを抱き締め、呻くように言った。

「わたしのものだ。占星盤も輝くはずだ。輝かせる」

しかし、水面にはなんの変化もなかった。動くことも――まして輝くこともなく。

水を吸ったドレスだけが、ゆっくりと沈んでいく。

「ヴァレオン様……っ」

やがて耐えきれなくなって、エルザは泣きだした。

痛いほど冷たい水の中にいることが、まるで罰のように思えてくる。

ふるえが止まらない。カチカチと歯を鳴らし、すすり泣く。

「……わたしではないのです、わたしでは……なかった……」

しゃくり上げながら言い募るその声だけが、白い部屋に反響した。

ヴァレオンはもう、なにも言ってはくれなかった。

3

六年前、占星盤を初めて回したとき、ただ圧倒された。

水底に敷かれた占星盤、その上に立つ。

そして回す――回すというのは比喩《ひゆ》で、占星盤自体は動かない。動いているのかもしれないが、見ることも感じることもない。

水面に写しだされた文様だけが、占者の周りをまるで生き物のようにくるくると回る。

まさしく星のごとく瞬きながら、様々な情報を送り込んでくる。

そのあまりの鮮やかさと複雑さ――美しさ。

畏敬というよりも、恐怖が強かった。

しかし怯《ひる》んではいられなかった。

占星盤が示す模様のひとつひとつ、動きの意味も学んでいかなくてはならない。

始祖の血による天恵なのか、感覚として理解していた部分もあって、ある程度までは読み解ける。

しかしそれだけでは独断に陥ってしまう可能性があった。

代々の王の記録と考察、そしてひと握りの王族を主体にした占星研究所を頼り、ヴァレオンは貪欲《どんよく》に知識を吸収していった。

同時に、王としての心構えや、政務も学ばなければならなかった。結果を正しく反映させるには、絶対に必要なことだった。

直系王族ではあったが、ヴァレオンは騎士になるつもりではやくに王宮を出ていた。ほかの兄弟たちが政について学んでいるとき、外で剣を振り馬にまたがり身体を鍛え、同じ年頃の子供たちと大声で笑っていただけだ。

祖父の崩御、そして二十四歳での即位。

それからもヴァレオンは学んだ。占星盤を回し、正しく読み解いて、だれひとりこぼすことなく導いていきたい——そうでなければ、自分が王に選ばれた意味がない。

その間、花嫁を持てと、そう言われ続けた。

何人でも花嫁を、そして占星盤を回すことができる次の王を、はやく……と。

だがヴァレオンは花嫁については首を縦に振らず、理由についても沈黙を貫いた。

好きで王になったわけではない。

占星盤を回す前も王族としての心構えは持っていたが、それは玉座とは関わりないところでのことだった。

しかし、だれも回すことができなかった占星盤を回せた――それだけで王位に就いた。

そのことに、それが国の決まりとはいえ違和感があった。

身体のどこかを刺され続けているような、そんな痛みを伴う違和感だった。

騎士を目指していたヴァレオンは、鍛錬すれば強くなるという、努力することでの成果を身をもって知っている。

なのに、ただ王族だと――始祖の血を継ぐというだけで至高の座に就くということに、おそらく自分は腹を立てていたのだろう、と後から思った。

理屈ではわかっている。星に贈られた占星盤を回す大切な役割だ。

だが、それになぜ――なぜわたしを選んだのだと怒りを覚えていたのだ。

ずっと学んできた兄弟たちでよかったではないか。ずっと苦しんできた父でよかったではないか……。

即位して三年もの間、花嫁を決めなかったのは抵抗だった。

そんなことまで縛られたくなかった。欲しくなかった。欲しいのは違うものだった。

この手に剣を返してほしかった。

馬にまたがり気ままにどこまでも駆けた時間を、汚れたままの顔で友と笑い合う、そんな時間を返してほしかった。

けれど――。

いつごろからか、王という役割を受け入れはじめた。

仕方ないと諦めたわけではない。騎士になるということと同じ意味で——いや、一本の剣でできることより、多くの人を救うことも導くこともできるのだと実感していったからだ。

そして占星盤に兆しが現れた。

中心の銀、つまり王宮であり自身を示す光から少し離れた西に、ひっそりと咲く野花のような淡い光が瞬きはじめたのだ。

なんだろうと思いつつ、ヴァレオンは見守った。

悪しき影はなかった。それどころかとても美しく好ましい光に思えた。不思議なことに、柔らかな手触りや香り、温かさも感じ取れる気がした。

淡く白い光だったそれは、日々、少しずつ濃くなっていった。

淡い紅色に、柔らかい金に、ときに青に、緑に。混じり合い、笑うようにくるくる回る小さな可愛らしい星。

欲しい——と思った。

あの光が欲しい。あれはわたしのものだ。

わたしの花嫁だ。

自覚したとたん、渇望になった。

ヴァレオンは花嫁を見出すため、占星盤の上に立った。

自身に関わる占いはできないが、花嫁についてはべつだ。国のため、民のため——王の安定をもたらす存在を占うのだから。

そして淡く光るリザリアを手にした影を見た。

つまり、花嫁はリザリアを光らせる。

すぐさま、条件に合う令嬢が集められることになった。占星盤が示した方向、女性の影——そんな曖昧な条件で。

ヴァレオンはいっそ自分で探しに行きたかったが、夜会の形にして集めたほうがはやいのだと、あたりまえのことを何度も指摘されて我慢した。

そして見つけた。

ついに、会えた。

(エルザ・メディベル)

おまえだったのか、ここにいたのか——と。

これまで意地を張っていたことが愚かしく思えた。

リザリアを光らせたように、彼女が占星盤を輝かすのだと感じた。王妃としてかたわらに立ってくれる人。わたしたちの子が、いつかまた占星盤を回す……。

(なのに……リザリアが光らなくなっただと?)

ルクス宮の執務室、中庭に面した窓の前に立ち、ヴァレオンは息をついた。

肩や背が強張り、鈍く痛む。湿ったままの髪は重く、束ねて垂らした先からぽとりと水滴が落ちた。

占星盤を回すために水に浸かるので、濡れた身体を温めるのと着替えのために、専用の部屋が近くに用意されている。白の扉を出てすぐエルザにそこを使わせたので、ヴァレオンは床に水を滴らせながら移動し、自室で着替えだけを済ませた。

従僕の手を煩わせることもなかった。クロン公爵家に預けられていたヴァレオンは、ひとりですることには慣れている。

エルザも心配ない。ティタリー夫人に申しつけたので、ちゃんと世話をしてもらっているはずだ。

(心配ない。きっと……これからも……)

それでも、子供のように泣き続ける声が耳から離れなかった。

光らなくなったのですと、ふるえる声が——あなたの花嫁は、わたしではなかった……。

「……」

そんなはずはないと、すぐには言えなかった。

エルザの前で占星盤は止まった。王族でも回す力がなかった者、あるいは資格のない者が水に触れたとき、そうなるように。

ではほんとうに、リザリアは光らなくなったのだとわかった。

広げた指をガラスにあて、ヴァレオンは窓の外を睨む。

午後も遅く、空は金色に翳りはじめている。木々の影は長く伸び、その陰影が、庭を埋める星の瞬きのような白い花の群れをいっそう際立たせていた。

リザリア。

(光らせなければならない)

なぜなら王の占いは外れない。

外れたのは花嫁に関してのことだけだ——と、そういう問題ではない。ひとつ外せば、すべての信頼が崩れてしまう。

自分が信じられなくなる。

(エルザはリザリアを光らせなければならない)

ヴァレオンは窓から手を離し、カツと音を立てて踵《きびす》を返した。


「エルザ!」

居間の隅、窓の前に彼女は立っていた。

奇しくも、先ほどの自分と同じように中庭を見ていたようだ。

ふっくらとした袖とスカート部分が白く、胴回りを絞った身ごろだけが鮮やかに青いドレスに着替えている。赤みを帯びた髪はピンもなく垂らしたままで、窓から差し込む金色を含んだ日射しに輝いていた。

「ヴァレオン様……」

合図もなく扉を開けたというのに、驚く様子はなかった。しかし、ゆっくりとこちらに向けられた顔に笑みもない。瞼が赤く腫《は》れていて、憔悴《しょうすい》が目立つ。

窓の外を見つめ、なにを思っていたのだろう——ヴァレオンの胸が軋んだ。なにかがずれ、開いたところから怒りが湧いた。自分への。

(そばにいるべきだった)

「エルザ、こちらへ来てくれ」

なるべく優しい声で言ったつもりだった。

だがエルザはビクッと肩を跳ねさせ、俯いてしまった。

「……すみません、わたしすることがありますので」

「すること？　なにを」

「片づけます、色々」

「なぜ」

「ここにはいられません」

「エルザ、おまえはときおり思い切りがいい」

ヴァレオンは苦笑を含ませて言った。しかし青灰色の目はエルザを見据えたまま、長い足を活《い》かし、飛ぶようにして距離を詰める。

「そんなことを許すと思うか？」

「……っ」

「わたしは最初に訊いたな。おまえはいやか、と。ここにいることが、わたしの花嫁であることがいやかと」

「……」

「もう一度、同じことを訊く。エルザ、いやなのか」

「……どうして、そういうことを……」

涙に濡れた声が返ってきた。

感情を抑制したつもりだったが、怯えさせてしまったのだろうか。

そうではなかった。顔を上げたエルザの目はたしかに濡れていたが、力なく泣き伏すつもりはないらしい。

「いやだなどと、思ったことはありません。でも、それとこれとはべつなのです」

「エルザ」

「わたしではだめだったから……わ、わたしではだめだったのだと、そうおっしゃったらいではありませんか」

「エルザ、エルザ」

言い返されたことが、逆にヴァレオンの心を昂らせた。いつも俯くばかりだったエルザの見せた激しさは、薔薇色の火花のようだった。

青と緑が混じる目はきらきらと輝いて——。

(占星盤で見たあの星のようだ)

しかし、言われた内容には納得いかなかった。

「わたしの花嫁はおまえだけだ」

「ですが」

「いいから聞いてくれ。リザリアが光らないとおまえは言ったな。たしかに占星盤も輝くどころか止まった。だが、わたしの心がおまえを花嫁だと叫ぶ限り、そうなるべきだ」

「……」

「リザリアは光る」

ヴァレオンは両手でエルザを引き寄せ、壊れ物のようにそっと抱き締めた。

窓から差し込む夕刻の金色が混じる光を受け、艶やかに輝く髪に口づけ、ヴァレオンはもう一度、言った。

「必ず光らせる」

そのとき、ヒュッと音をたて風が吹きつけた。格子で仕切られた窓の一画が開いていたのだ。その隙間から入り込んだ風は鋭く、冷たかった。

ヴァレオンはとっさに腕に力をこめ、胸にしまい込むようにしてエルザを庇《かば》った。

彼女の垂らしたままの髪が揺らされ、瑞々《みずみず》しい花を思わせる香りが広がる。

ヴァレオンは目をつぶった。瞼が作る薄闇の中でただひとつ、腕に抱く存在を強く意識する。温かく柔らかな、わたしの。
（エルザ）
占星盤が見せる占いの中に現れた、小さな光。

赤や青、緑、金に銀に色を変えて、くるくると回り笑うように。

（あの小さな星）

それがここにある。腕の中に。

ふいに胸が締めつけられ、涙が滲んだ。

涙？　ヴァレオンは驚いた。泣くなど、祖母の死以来のことか。

だがあれは喪失の痛みのせいだった。胸に開いた虚ろな穴を削られ、さらに広げられていくような痛みを伴う悲しさの。

（これは違う）

たしかに胸は痛い——痛いが、それだけではなかった。なにかがあふれだしていくような気がする。

「……っ」

馴染みのない感覚に戸惑いながら、ヴァレオンは顔を上げた。

また風が吹きつけ、窓がカタカタと揺れた。

誘われるように視線を向け、ハッとする。窓の向こうの中庭――揺れる木々の影、夕刻が作るその翳りの中で、淡く白く、点々と浮かぶ花々。

(リザリア)

ヴァレオンは瞠目《どうもく》した。

そうだ、寝室にあるのは切り花だ。たしかにこれまでエルザが触れれば光っていたが、日が経つうちにそうではなくなったのかもしれない。

そうではなかったとしても、飾られていたのはたかが十数本だ。

中庭を埋め尽くすリザリアは、もっとたくさんある。たくさんという言葉では追いつかない。何百本――いや、もっと。もっとあるはずだ。

(中庭の花なら)

「エルザ！」

「はい」

「行くぞ」

「え……？」

身を離して顔を上げたエルザは、夢から覚めたばかりのようにぼんやりしている。無防備なその顔に煽られ、ヴァレオンはたまらず強引に口づけると、そのまま片手で彼女の腰を支えてグイと抱き上げた。

「ええっ？」

「中庭だ、エルザ。行こう」

格子の窓とひと連なりになったガラス扉を蹴り開け、ヴァレオンは外に飛び出した。

ギョッとしたように身体を強張らせたエルザが、押し殺した悲鳴をあげる。だが立ち止まらず、黙ったままレンガの小路を駆けた。

目指すのはもっと奥だ。占星盤を浸す水を引いた、噴水のあるところ。

（一番、可能性が高いところだ）

木々の影が重なる薄暮の中、奥へと誘うように、埋め尽くす白い花が揺れている。

中庭は広く、植えられた木々は森の一部のように密集しているが、中央にある噴水の周囲は開けていて、まるでそこだけを浮かび上がらせるように夕刻の光が射していた。

ヴァレオンは噴水の脇で慎重にエルザを下ろすと、息を整える間も惜しんで、手近にあったリザリアの花を摘んだ。

「ここの花なら光る。エルザ、さあ」

「……」

突きつけられた花を見つめ、エルザは唇を引き結んだ。それだけだった。動かない。風が彼女の髪を揺らした。垂らしただけの髪は、豊かに広がって輝く。

「エルザ、受け取ってくれ」

ヴァレオンが言うと、ハッとしたように瞬いて、エルザはゆっくり、ゆっくりと両手を差し出した。

その手がふるえているのがわかった。

ヴァレオンはなにも言わず、経験したことのない緊張とともに、エルザの手の中に花を落とした。

4

「……っ」

合わせた手の中にあるリザリアを見つめ、エルザは涙をこらえた。

縁に色がないリザリアだった。真っ白な花びらはレースのように重なり、柔らかな円形を作っている。

清らかな美しさのある花だ。けれど……。

(だめだった)

　これまでの光が幻だったように、エルザの手のひらの上で、それはただの花でしかなかった。

　エルザはゆっくりと顔を上げた。

　目の前に立つヴァレオンは、険しい顔をしていた。青灰色の目は瞬きもせず、まるで焼き尽くそうとするように、エルザの持つリザリアを見据えて動かない。

　中庭を囲む木々のどこかに巣があるのか、ピピ、と鳥の声があがった。それを合図にしたように夕刻の匂いを含んだ風が吹きつけ、ヴァレオンの黒髪を揺らしていく。

　それでも彼は動かず、見つめていれば光るのだと信じているように、リザリアから目を離さなかった。

「ヴァレオン様」

　エルザが声を出すと、ハッとしたように瞬く。そして視線を合わせた。

　でも、なにも言ってくれない。

（それとも……もう……？）

　なにも言う必要もないと、そういうことだろうか？

　触れることも、もうしないと。

　もう、いいと――？

　リザリアを光らせることがヴァレオンの花嫁になる条件だった。たとえ貧乏貴族の娘で、さして秀でたところのないエルザでも、それを満たしていたから花嫁になれた。

(光らなければ、わたしは花嫁ではいられない)

それでも。

「わたし……あなたが……」

喉が詰まって、その先が言葉にならなかった。

涙があふれてこぼれ、ぽとりと、手のひらの花に落ちる。

(そばにいることは……もうできないのね)

「……っ」

ふいに、ヴァレオンが背を向けた。

湿ったままの彼の黒髪が、動きに一拍遅れ、重く揺れる。長い足で踏み出した一歩は大きく、その背はすぐに手の届かないところに行ってしまった。

「ヴァレオン様……っ」

いらないと、捨てられるのだ。

絶望の刃に斬りつけられ、裁断された心の欠片——そのひとつひとつに、メディベルの屋敷の小さな部屋にこもる自分が映しだされていく。

ひとりだった。ずっと。

それでも外に出て傷つけられ、優しい姉たちに屈折した気持ちを抱くより、ひとりでいるほうがずっとよかった。

だからそうしていた。

(でも、あなたと、過ごして)

ほんとうは寂しかったのだと、いまはわかっている。

あのころに戻りたくないと思っている。

ここにいたい。

(そばにいたい。花嫁でいたい、あなたの)

「……ヴァレオン様!」

追いかけようと踏み出した足が止まる。

視線の先でヴァレオンが振り返り、そのまま戻ってきた。一歩、二歩——駆ける勢いで距離を詰め、両手それぞれにあふれるほどにつかんでいたものを押しつけてくる。

「これも」

「え」

エルザの手の上——もともと持っていた白い花の上に同じ花が積まれていった。いくつも。いくつも。白い花。

「リザリア」

「花はまだある」

ヴァレオンは手近な群生からブチブチと音をたてて花を摘むと、エルザの手の上にさらに重ねて載せた。

「光る、どれか必ず光る」

「……」

「光らせてくれ、エルザ。おまえがいい。わたしの花嫁はおまえだけだ」

これまで聞いたことのない、焦燥に満ちた声だった。

「ヴァレオン様……」

「頼む」

ヴァレオンは自分の手に残っていた一輪を見せた。

その花は乱暴に扱われたせいで花びらが欠けていたが、銀色の綿毛に包まれた茎がついたままだった。

それをエルザの髪に差し込み、花がこめかみにくるように耳にかける。

「エルザ、愛している。初めて会った夜よりずっと前から――ずっと、おまえだけを求めていた。ずっとだ」

「……ヴァレオン様……」

「おまえもそうだと言ってくれ。気持ちを教えてくれ、エルザ」

「……っ」

エルザは息を飲み、ヴァレオンを見つめた。

夕刻の光で陰影のついた端整な顔は、いつもと変わらない。だが、青灰色の目に余裕がないように感じられた。

(信じられない)

けれど――信じたい。

(これ以上の幸せがある?)

花嫁に選ばれたことよりも――はじまりがそれであったのだとしても、この一瞬、エルザは世界中のだれより幸せだった。

「エルザ? ……いやか?」

「いやじゃありません! わ、わたしもです、わたしも愛しています!」

エルザは慌てて答えた。

「ヴァレオン様、あなたを愛しています……!」

「ほんとうに?」

「ほんとうです!」

手の中のリザリアをぎゅっと握り、そのうちのいくつかがこぼれるのも構わず、エルザは身を乗り出した。

どうしたらうまく言えるだろう。

（ううん、いいのよ）

すぐに思い直す。うまく言えなくても、拙くてもいい。

この心を伝えたい。

（もう、部屋にこもってひとりでいいと、逃げだしたりしない）

エルザはギュッと目を閉じ、口を開いた。

「ほんとうです、ヴァレオン様。わたし……わたし、最初はどうしていいかわからなくて、わたしなんかが……って、そう思っていました。そう思うばかりだったのです。だってあなたは立派な王で、それに、あの、とても素敵で、わたしには眩しくて」

「……」

「でも、あなたはいつも優しかった。わたしを宝物のように大切にしてくれて……わたし、それが嬉しくて……おこがましいですが、わたしもあなたにそうしたいのです。だから、俯いていないで頑張ろうって。あなたといるために、そばに……ずっと一緒にいるために……」

「エルザ」

ヴァレオンはふいに手を伸ばし、心を差し出すかのようなエルザの言葉を遮った。

「見ろ、エルザ。光った」

「え」

開けた目の端に、白い光が映る。

こめかみに飾られたリザリアだった。それが光って、そして――。

「わあ……！」

エルザは笑って、両手を掲げた。

あふれるほどに持たされていたリザリアが、一斉に光りだしていた。

日が沈んだ空は赤や金、藍色に彩られ、星がいくつも輝きだしている。まるで、そのひとつが手の中に落ちてきたように。

「ヴァレオン様、光りました！」

「ああ、光った」

どこか茫然とした声で、ヴァレオンが答える。

「エルザ、エルザ……ああ、わかっていた。おまえは絶対に光らせると」

「え？　お告げがあったのですか？　……あ！」

ヴァレオンはエルザを引き寄せ、抱き締めた。

その勢いで、エルザの手からリザリアがこぼれる。ひとつ、ふたつ――くるくると回って落ち、それでも光を失わずにふたりを照らす。

「ヴァレオン様……？」

「占わなくてもわかっていた。ありがとう、エルザ。ありがとう」

ヴァレオンは噛み締めるように言った。

「愛している、わたしの花嫁」

「わたしも愛しています、ヴァレオン様」

エルザは笑って、手に残っていたリザリアを宙に放った。

きらきら、きらきらと、光るリザリアを見上げてもう一度、笑い、エルザは空いた手でヴァレオンを抱き返した。

「ありがとうございます、わたしを見つけてくださって」

＊　＊　＊

抱き合っていたのは、長い時間ではなかったのかもしれない。

それでも風からは夏の熱気が薄れ、空は夜の色を濃くしていた。重なったままのふたりの影、その輪郭も暗がりに溶けようとしている。

エルザの髪を飾るリザリアだけが仄かに光っていた。

「……ん」

うっとりとして抱かれていたエルザだが、ヴァレオンが身動いだので、目を開けて離れようとした——が、ヴァレオンはそれを許さず、さらに引き寄せられる。

大きな手に腰を抱かれたまま、硬い身体を押しつけられた。その動きで、青い身ごろの下、スカートに覆われた下腹部に、硬く太いものがあたる。

(……!?)

イレナが用意してくれた着替えは、普段着としてもかなり簡素なものだった。スカート部分はただ布を重ねただけの柔らかなものだ。

抵抗にもならず、押しつけられたヴァレオンの熱さまで伝わってくる。

そして、ヴァレオンが動くと……。

「……あっ」

甘い欲望が突き上げ、ふるえながら仰け反ってしまう。ヴァレオンはその動きを待っていたように、エルザの腰から滑らせた手で片足を持ち上げた。

広げられた足の間に、硬いものがあたる。

そのままヴァレオンは、律動と同じ動きでエルザを揺らした。

「エルザ、我慢できない」

「ヴァ、ヴァレオン、様……っ」

「すぐにおまえが欲しい」

唸るように低い、これまでになく切羽詰まった声だった。

一気に火照りだした身体をよじり、エルザは声を絞り出した。

「で、では、部屋に……部屋にっ」

「もちろん部屋でも。だが、いま、ここでも」

「こ、これも？　ここで、と、占星盤が……っ？」

最中の体位でさえも示してくるのだから、ありえないことではない。

占星盤が示したなら仕方がない——とエルザはどこか期待をこめてそう訊いたのだが、ヴァレオンは淫靡な動きを続けたまま、不穏さを含んだ声で、ふ、と笑った。

「違う」

「えっ、あ、あん……っ」

「わたしの意思だ。たしかに占星盤は交わりを示したが、最初の一度だけだ」

「あ、ん……え？」

「たとえ国を導く神器でも、わたしたちの秘め事をいつまでも指示させない」

ヴァレオンはエルザの真っ赤に染まった耳を舐めながら、熱い息とともにささやいた。

「わたしがそうしたかったからだ、エルザ。おまえが欲しくてたまらなかったから、占星盤が告げたと——つい口を滑らした。そう言うと、おまえは恥ずかしがっても……可愛らしい姿を見せてくれて……続けてしまった」

「ん……っ、あぁっあ……っ」

「おまえを抱いて、触れて……舐めて、常につながっていたかった。いろんなおまえを知りたかったし、声を聞きたかった。だから、そうした」

「そ、そんな……んっ」

エルザは身悶えた。

(ずっと……占星盤がって、おっしゃっていたのに)

だから恥ずかしい格好でも受け入れたのに——と思った瞬間、ヴァレオンと重なった体位が頭を過ぎった。

そうやってつながったときの甘い興奮まで思い出し、下腹部がふるえてしまう。

(わたし、嬉しいって思っている)

占星盤に示されたから、ヴァレオンにあんなにも求められたわけではなかったのだ。むしろそれを口実にするほど……。

(わたしを)

「エルザ、これからもそうする。おまえを抱く、毎日」

ヴァレオンは艶やかに微笑んだ。

「いまもそうしたい。エルザ、エルザ……いいな?」

「……っ」

(だめ)

エルザは必死に言い聞かせた。流されそうな自分に。

ここは外だ。

たしかに王家の象徴花、神秘のリザリアが咲く唯一の場所として禁足になっている。それはルクス宮で勤めている者たちも同じで、白の扉の先にある部屋のように許可なく足を踏み入れることはできない。

たとえ王と王の花嫁が長い時間、中庭から戻ってこなかったとしても、探すためにやってくることはないのだ。

(でも……っ)

やはり外なのだし――という意識が、ふいに唇を重ねられて飛んでいく。

「……んっ」

エルザの思考もなにもかも奪う、激しい口づけだった。

息もできず、ただ奪われる。

閉じた目の奥で光が瞬く。くらくらして、エルザはヴァレオンにすがりついた。

力が抜け、支えるヴァレオンとの密着が増す。そのまま揺らされ、硬いものが薄い布越しにエルザの繊細な部分をより強く刺激する。

「ん、んん……っ」

ヴァレオンの口の中に喘ぎをこぼしながら、エルザは無意識に足を開いて、もっと奥に、もっと――と自ら招いていた。

（わたしも……欲しい）

いま、すぐ。

ここで。

「……んっ、あ……ヴァ、ヴァレオン様……わ、わたし……わたしっ」

「わかっている」

エルザの陥落を知って満足したように、ヴァレオンは目を細めた。そのままエルザを持ち上げて、噴水近くに立つ木に押しつける。

「ヴァレオン様……？」

「つかまっていろ」

エルザの手を肩にかけさせ、ヴァレオンは性急に、もう一度、口づけした。

「ん……っ」

エルザは厚みのある硬い肩に腕を回し、伸び上がって口づけを返した。

すぐに舌が絡められる。

こすられ、吸われ——淫らな熱を含んだ吐息とともに濡れた音が響いた。

ふたりを見下ろす木は高く、伸びた枝にみっしり葉をつけている。夕闇に溶けるその影の中、重なる輪郭は曖昧になり、エルザの髪を飾る小さな光だけが浮かんだ。

「占星盤を理由にしてまでおまえを欲した」

唇を浮かし、ヴァレオンはそっとささやいた。

「エルザ、可愛いエルザ。わたしのすべてを……受け入れてくれ」

ヴァレオンはドレスのスカートの前面をめくり上げ、そのたっぷりした布をふたりの間にはさんだ。

晒されたエルザの足を、ヴァレオンの膝が割る。

「あ……っ」

よろけた腰は支えられたが、同時に、もう一方の手で下着を引き下ろされていた。

エルザの女性の部分に、ヴァレオンは自身を強く押しつけた。熱を帯びてひどく潤った秘部、その繊細に割れた肉の間を、怒張した欲望がずるりと滑っていく。

「……あぁっ！」

仰け反ったエルザの片足を抱え、ヴァレオンはすばやく何度も滑らせた。

蜜が塗り広げられ、淫らな音がたつ。

愛撫はエルザを甘い蜜の中に沈め、ヴァレオンも溺れさせた。彼は、エルザ、エルザ、とうわ言のように繰り返し、さらにエルザの身体を持ち上げて滾ったものを挿入させた。

「んっ、んー……っ」

エルザはしがみつくようにしてヴァレオンの頭部を抱えたまま、快感の声をあげ、ふるえた。

すべてを収め、同じようにふるえたヴァレオンは、エルザをきつく抱えて身体を揺らした。

「エルザ……わたしを抱き締めてくれ」

「んっ、はい……っ」

腕に力をこめると、ヴァレオンは低く笑った。

「それもいいが」

「……っ」

深く突き上げられ、普段は意識することのない自分の最奥が疼いた。しかし、そこに触れたまま、ヴァレオンは動きを止めた。

「おまえの中にいるわたしも抱いてくれ」

耳元でささやくその低い声に、胸の奥を甘く締めつけられる。

エルザは、ああ、鼻にかかった声をあげた。どこをどうしたらヴァレオンを気持ちよくさせられるのかわからなかったが、腹部や腿に力を入れる。

もっと感じたかった。ヴァレオンが欲しかった。

「エルザ……ッ」

ヴァレオンが呻いた。

うまくできたのだとわかって、エルザはさらに力を入れる。

自分を満たす男性の形――その熱さ、ドクドクと激しい脈まで伝わり、そのことに興奮がより募っていく。

「上手だ、エルザ」

ヴァレオンは優しく言って、エルザの耳朶を舐めた。

「……最高だ」

「あ……あんっ、あ……っ、え……？」

自身を引き抜くと、ヴァレオンはすばやくエルザの足を下ろした。そして、力が抜けてくたりと崩れかけたエルザを反転させる。

「手を」

「は、い……？」

ヴァレオンに誘われるまま幹に両手をあてると、ドレスをひと息に引き上げられた。その裾が夕闇にひらりと白く翻る間に、背後から性急に押し入れられる。

「あぁ……っ」

エルザは仰け反った。

一気にあふれた快感で肌が粟立つ。

力が抜けたところを、前に回されたヴァレオンの腕にぎゅっと抱えられた。

「エルザ、声を聞かせてくれ」

ヴァレオンは言いながら、力強く突き上げる。

すばやく引いて、また突く。何度も。何度も突く。

「わたしだけに聞かせる声を、もっと」

「ん、あぁ……っ、ヴァレオンさ、まっ、ん、あ……っ」

濡れた音、荒い息遣いにさえも煽られ、エルザの頭がぼうっとしていく。

硬い身ごろの下、乳房の先端が疼いた。それ以上に、足の間の、敏感なところが――。

「……ああっ、あ、や……っ」

触ってほしいと――声が漏れたのか、ヴァレオンの手が足の外側から滑るように前に回され、指先が触れた。

「膨らんでいる」

「やぁ……っ、あ、あっ、んー……っ」

ヴァレオンは指を立て、突起を弾くように刺激した。

鋭い快感に我を忘れ、エルザは声をあげて身をよじった。

さらに追い詰めるように、指の愛撫と同時に抜き差しする動きもはやめ、ヴァレオンもまた低く唸る。

「エルザ……ッ」

「あ、ああ、あ……」

せり上がる快感に息を詰め、エルザは高みから飛び下りた。

ぎゅうっと締めつけた体内で、ヴァレオンも自身を弾けさせるのがわかった。その熱い飛沫《しぶき》を受け、快感の余韻が大きく揺さぶられる。

ああ、と声をあげて力が抜けていくエルザを、ヴァレオンはきつく抱き締めた。

「愛している」

そして満足したように息をついて、夜の色になった空を見上げた。

「心から愛している、エルザ。わたしだけの美しい星」

終章　希望の花

ルクス・リザリア国の王都は、秋を迎えようとしていた。

これから冬にかけ、星を奉る祭典や国を挙げての催しも多く、心浮き立つ時季となる。

そんな中、即位して三年、ようやく花嫁を迎えたヴァレオン王は、ルクス宮での蜜月も終えた。

同時に、王の花嫁エルザ・メディベルが、占星盤を輝かせたと発表された。

そして、もうひとつ――。


「エルザ、入るぞ」

部屋に入ってきたヴァレオンが足早に近づいてくる。

ソファに座っていたエルザは顔を上げたが、きっちりと髪を束ね、黒い上着をつけたヴァレオンを目に収めたとたん、申しわけなさにすぐ俯いてしまった。

（お仕事の邪魔をしてしまうなんて……）

「飲み物は？　なにか口にできそうか？」

ヴァレオンは隣に座り、エルザの手を取った。

「無理をせずに横になっていてくれ。ティタリー夫人を呼ぶか？　それとも姉君たちを？」

「だいじょうぶです、ヴァレオン様」

エルザは無理やり微笑んだ。

「お庭を歩いていて、少しふらついただけですので……」

「だいじょうぶではない、なにかあったらどうする。歩くという運動も大切だ。だが、なぜ、わたしを待ってからにしない」

ヴァレオンの語気が強まり、エルザは縮こまった。

「申しわけありません」

「怒っているのではない、ただ……」

「――陛下、感心しませんな」

開けたままの扉をコツコツと叩く音とともに、やれやれ、と声が割って入る。

クロン公爵リシエルがそこに立っていた。最高評議会の一員であり、ヴァレオンの親しい友人でもある公爵は、王とその花嫁の視線を受け、気安い仕草で肩を竦めた。

「そのような言いかたではエルザ様が畏縮します。お身体が大変なのですから、とにかくひたすら優しい声で語りかけ、接するべきです」

リシエルはすでに二児の父でもある。経験者の言葉には重みがあった。

「出ていけ」

しかしヴァレオンはひと言で済ませ、エルザに目を戻す。

「心配でたまらない、エルザ」

「申しわけありません、ヴァレオン様」

「謝るな」

「ですが、執務の邪魔を……」

「それとはべつだ。それで謝るなら、わたしも謝らなくてはならない。わたしの子だというのに、おまえにばかりつらい思いをさせている。代わりたい」

「陛下、男は妊娠できませんぞ」

「まだいたのか」

友人を睨むヴァレオンの様子に、エルザは苦笑してしまった。

(こんなふうに心を砕いてくださるなんて)

――懐妊を知らせたときから、そして日を追うごとにヴァレオンは過保護になっていく。

もちろん王としての務めを疎かにする人ではないのだが、それ以外はエルザのそばから離れなかった。

政務に勤しんでいても、エルザになにかあれば書類を抱えて駆けつけてくれる。

おかげでエルザは、リシエルともすっかり馴染んでしまった。なにしろこの公爵はそんなヴァレオンを追いかけて、王族のための一画であろうと平気で入ってくる。

もちろん、ヴァレオン自身が特例として許可しているのだが、そうしたふたりの信頼は軽口にも表れていて、エルザもつい微笑ましく感じてしまうのだ。

「リシエル様にも、申しわけありません」

「とんでもございません、わたしはなにも」

ヴァレオンに睨まれてもまったく気にせず、リシエルはにこやかにエルザに話しかける。

「ところでエルザ様、フィンバル伯爵のことは聞きましたか」

「なんでしょうか、ライバート様がなにか？」

「ローズとの結婚の日程が決まった」

答えたのはヴァレオンだった。

一時でもエルザの目がリシエルを映していることが気に入らないというように、王はエルザの頤をつまんで自分に向けさせる。

「わたしたちからも祝福の品を贈ろう。なにがいいかな、エルザ？」

「……おやおや、これは」

一拍の間を置いてリシエルは笑い、優雅な仕草で一礼した。

「そういうことです、エルザ様。詳細は陛下からお聞きください。では陛下、お話の終わるころに迎えにまいりますので」

そして公爵は扉を閉め、立ち去った。

ふたりきりになったことで、エルザは急に、ヴァレオンとの近い距離と握られたままの手の熱さが気になりだした。

「あの、ヴァレオン様？」

早口に訊ねる。

「ローズ様といえば……わたし、気になっていたのですが」

「なんだ」

「ルクス宮にいらしたときがありましたでしょう？　あれは許可があってのことだとわかっておりますが、あのとき……ローズ様にリザリアを手渡していたように見えました」

ずっと疑問として心に引っかかっていたことだったのだが、口にしてしまうと、ふたりの場面を目にしたときの感情が湧いてきて、エルザは眉をひそめた。

(あの後、わたしはリザリアを光らせることができなくなった)

「ああ、あったな。見ていたのか」

しかしヴァレオンは、昨日の天気を思い出すようにあっさり頷いた。

「兄上に花を届けたいからと頼み込まれた。たしか、兄上があまりにおまえのことを言ってくるとこぼして……そういえば、おまえたちはスケッチ帳も交換していたし……」

「もう返しました」

被せるようにして慌てて答えて、エルザは微笑んだ。

「それに、わたしのスケッチ帳はお渡しししておりません」

「そうか。なら、いいだろう」

若干、目元に険しさを残しつつも、ヴァレオンは話を変えた。

「決まったことはほかにもある。おまえの王妃としての戴冠は、冬以降に行う」

「そうなのですね、では……？」

「そうだ。この子が無事に生まれてからにしよう」

明るい黄色のゆったりとしたドレスをまとうエルザの、まだ目立たない腹部をそっと撫でたヴァレオンは、うっとりと目を細めた。

占星盤を輝かせて黄金と為した王の花嫁として、エルザは王妃になる。

しかし蜜月の終了直後に判明した懐妊で、ヴァレオンはほぼすべての公式行事からエルザを外していた。

「それまでは自分の身体を第一に考えてほしい」

「は、はい。頑張ります」

「頼む」

ヴァレオンは笑って、ソファから立ち上がった。そして部屋を横切り、窓辺に飾られていたリザリアを一本、手にして戻ってくる。

王宮に移ってからもヴァレオンは、ルクス宮に通って占星盤を回していた。国の安寧に変化がないか、そうして確認しているのだ。

その帰りに、リザリアを摘んでくる。

ルクス宮からさして距離はないが、この神秘の花は王宮ではあまり長くは咲かなかった。なので本数は少ないが、エルザの周囲からリザリアが絶えることはない。

「エルザ」

「はい」

差しだされた一本を受け取った瞬間、リザリアは白い光を放った。

懐妊してから光は強くなった気がする。

エルザは光を見つめて瞬いた。

「はやくこの子にも見てほしいです。光るリザリアを」

自分の腹部にそっと手をあてると、ヴァレオンも頷いた。

「わたしたちの子も、リザリアを光らせるだろう」

「え」

エルザは驚きに声を上げ、身を乗り出した。

「お告げですか？」

「いいや」

ヴァレオンは朗らかに笑いながらソファに座り直し、リザリアの光に照らされるエルザを抱き締めた。

「希望だよ、エルザ。わたしの花嫁」

あとがき

『星に導かれ王の花嫁になりました～占いで体位まで決めるのですか!?～』をお手にとっていただき、誠にありがとうございました。

タイトル長いな！　と自分でも思っています。すみません。でも最初に思いついてプロットができて、執筆の間も指標にしていたタイトルでした。そのときは（仮）でしたが、担当様に「いいじゃないですか～？」と言っていただき決定。恐悦至極！

タイトルもそうですが今回、担当様にはいつも以上に感謝感謝の作品になりました。

しかし、頑張らなければ！　という気合が空回りしてか筆が進まなかった作品でもあります。間に合うのか、そもそも仕上がるのかもわからなくて、部屋の隅でよくカタカタふるえていました。

できてよかったです。

ということで星占いをする王様の話です。

わたし自身は占いのよい結果にのみ喜ぶタイプ。占星術とは？　と、ほとんどわからないままスタート。この世界、この国の占星術はこうです！　と開き直って作りました。運命の相手を占いで探すのは鉄板！　という冒頭シーン。

小さなお城での蜜月。神秘の占星盤。中庭に植えられた高い木々、その下に広がる白い花の群れ──リザリアと呼ばれる不思議な花を光らせ、運命の相手に選ばれたエルザが、ヴァレオン王の花嫁として奮闘（奮闘？）するのを少しでも楽しんでお読みいただけましたら幸いです。


イラストを担当してくださいました天路ゆうつづ先生、ありがとうございました。決定しましたと連絡いただいたときから楽しみで楽しみで頑張れました……！

担当様、いつもいつもありがとうございます。

家族、友人に感謝、ツイッターなどでお声がけしてくださる皆様にも感謝を。

そしてなにより、お手に取って読んでくださった方々に、心から感謝いたします。

ありがとうございました！

さえき巴菜

本作品は書き下ろしです

さえき巴菜先生、天路ゆうつづ先生へのお便り、
本作品に関するご意見、ご感想などは
〒101-8405
東京都千代田区神田三崎町2-18-11
二見書房　ハニー文庫
「星に導かれ王の花嫁になりました～占いで体位まで決めるのですか!?～」係まで。

Honey Novel

星《ほし》に導《みちび》かれ王《おう》の花嫁《はなよめ》になりました
～占《うらな》いで体位《たいい》まで決《き》めるのですか!?～

2022年 1月10日　初版発行

【著者】さえき巴菜《はな》

【発行所】株式会社二見書房
東京都千代田区神田三崎町2-18-11
電話　03(3515)2311［営業］
　　　03(3515)2314［編集］
振替　00170-4-2639
【印刷】株式会社 堀内印刷所
【製本】株式会社 村上製本所

落丁・乱丁本はお取り替えいたします。
定価は、カバーに表示してあります。

ISBN978-4-576-21199-2

https://honey.futami.co.jp/